Zu diesem Buch:

Recklinghäuser Zeitung
Berte Bratt ist meine Lieblingsschriftstellerin, weil ihre Bücher so natürlich wirken...

Fuldaer Zeitung
Berte Bratt stellt Probleme und Kämpfe eines jungen Mädchens dar. Sie versucht, aus ihrer Lebenserfahrung heraus zu helfen.

Saarländischer Rundfunk
Die Autorin Berte Bratt schreibt zwar in einem amüsanten Stil, versucht aber dennoch, spezielle Probleme junger Mädchen zu schildern und Lösungswege zu zeigen.

ANNE, DER BESTE LEBENSKAMERAD

BERTE BRATT

ANNE
der beste Lebenskamerad

ROMAN

Titel der norwegischen Originalausgabe:
Alle smiler til Anne
Übersetzung: Thyra Dohrenburg
Schutzumschlag: Nikolaus Moras
Illustration: Werner Heymann
Bestellnummer: 6642
© Franz Schneider Verlag GmbH & Co. KG
München – Wien
ISBN 3 505 06642 7
Alle Rechte der weiteren Verwertung für die deutschsprachige
Ausgabe liegen beim Verlag, der sie gern vermittelt.

Inhalt

Frohe Tage in Salzburg	9
Die offene Tür zum Glück	21
Annes „Staublappen"	25
Der Mondsee	36
Anne sucht wieder eine Stellung	46
Tatkräftige Anne	53
Überraschung für Jess	63
Rastlos im Wirbel	67
Der sonderbare Schlachterjunge	75
Der Mann mit der Mappe	82
Das Geschäft blüht	92
Weihnachten in der neuen Heimat	105
Hoflieferant Anne	112
Einzugssorgen	125
Für Jess bleibt auch noch was zu tun	135
Die Geister, die ich rief . . .	146
Das Wichtigste in Kopenhagen	154
Alles lächelt Anne zu	162

*Von Anne und Jess, ihrer ersten Begegnung
und ihrem gemeinsamen Hoffen und Streben
erzählen die ersten beiden Bände:*

*Das Leben wird schöner, Anne
Anne und Jess*

Frohe Tage in Salzburg

Anne saß da und starrte trübsinnig auf ihren Teller, auf dem ein trockenes Stück Brot lag. Oder, genauer gesagt, eine kleine, runde, trockene Semmel, die halb durchgeschnitten war. Neben dem Teller stand eine Tasse mit einer Flüssigkeit, die wie ungewöhnlich dünner Wasserkakao aussah.

Anne hatte Kaffee bestellt. Sie kostete das Getränk und schnitt ein Gesicht. Die hellbraune Farbe rührte von Kaffee her, der mit sehr viel heißer Milch gemischt war.

Ihre Miene wurde noch trübsinniger, und als sie sich gerade in Gedanken ein paar Sätze zurechtlegte, die dem Kellner begreiflich machen sollten, was sie eigentlich wünschte, tat sich die Tür auf, und Jess kam herein. „Was ist denn das für ein üppiges Mahl?" lachte er, als er das kümmerliche Gedeck zu Gesicht bekam. „Hast du eine Abmagerungskur vor, oder willst du Sparmaßnahmen ergreifen?"

Anne sah unglücklich in sein vergnügtes Gesicht – unglücklich und dennoch erleichtert, weil er gekommen war. „Ich habe Kaffee und ein Rundstück bestellt – Kaffee und Brötchen, habe ich gesagt – ist das nicht richtig?"

„Doch, doch – das heißt, hier sagt man Semmeln, aber das spielt keine Rolle. Du mußt aber wissen, hier in Österreich bekommst du Butter und Aufschnitt nur, wenn du es ausdrücklich bestellst. Brot bedeutet Brot und weiter nichts!"

Anne lachte, und Jess lachte, und schließlich lachte auch der Kellner. Und dann bekam Anne Butter und Marmelade und eine Tasse starken, schwarzen Kaffee mit einem Kännchen Sahne dazu.

„Du mußt immer schwarzen Kaffee oder Mokka bestellen, sonst bekommst du unweigerlich dies labbrige Zeug da", erklärte Jess.

„Uh, was muß man nicht alles Komisches lernen", seufzte Anne. „Wer sollte glauben, daß ich beim Abitur in Deutsch ,sehr gut' hatte?"

„Nein, da siehst du's, es nützt einem verdammt wenig, daß man Schillers Gedichte aufsagen kann oder ,die Angst, die Axt, die Bank, die Braut', wenn man nach Salzburg kommt und Kaffee trinken möchte!" meinte Jess in belehrendem Ton.

„Mach nicht immer auf meine Kosten dumme Witze und erzähle mir lieber, ob du die Eintrittskarten bekommen hast", rief Anne.

„Und ob ich sie bekommen habe! Ich brauchte nur diese Bescheinigung vorzuzeigen. Du scheinst noch immer nicht zu wissen, daß du mit einem äußerst vielversprechenden jungen Musiker verheiratet bist, der mit Empfehlungsschreiben und Bescheinigungen und Einführungsschreiben und wie das alles heißt, gespickt ist. Schau her – hier sind die Karten für die Eröffnung mit ,Jedermann' – hier für ,Così fan tutte' – hier für das Beethovenkonzert im Mozarteum und hier für das große Orchesterkonzert in der Reitschule."

Anne blickte andachtsvoll auf den ganzen Fächer von Papierstreifen, den Jess ihr unter die Nase hielt. Es war kaum zu fassen, ja ganz unwahrscheinlich! Vor knapp einem halben Jahr war sie daheim in der Möwenbucht zwischen Wohnhaus und Stall hin- und hergegangen, hatte Kühe gemolken und Schweine gefüttert, den Stall ausgemistet, die kleinen Lämmerchen entgegengenommen – die ganze Außenarbeit lag auf ihren Schultern, während der Bruder auf der Landwirtschaftsschule war. An einem sonnigen Maientag hatten sie und Jess geheiratet – Jess, ihre erste, ihre große und einzige Liebe, der im Gymnasium in dieselbe Klasse ging wie sie, in jener Zeit, als sie noch vormittags Schulmädchen war und nachmittags Hausangestellte – Jess, der die Sonne und das Leben und die Heiterkeit in ihr Dasein hineingetragen hatte.

Gleich nach der Hochzeit waren sie nach Kopenhagen gefahren und hatten eine Woche bei Jess' Eltern gewohnt. Eine eigene Wohnung hatten sie noch nicht, denn sie wollten die ersten acht bis zehn Monate im Ausland verbringen. Für den Frühling war ihnen in einem Neubau eine Wohnung zugesagt worden, und so lange würde das Geld reichen, das sie zur Verfügung hatten. Jess hatte sein Stipendium, und dann hatten sie noch eine kleine Geldsumme im Hinterhalt. Jess hatte im letzten Jahr fleißig gespart und seine Kompositions- und Unterrichtshonorare auf die hohe Kante gelegt. Er hatte keine Schwierigkeiten, Klavierschüler zu bekommen. Wer nahm nicht liebend gern bei Jess Daell Unterricht, der erstens der Sohn des bekannten ersten Konzertmeisters war, und der zweitens bei seinem Erstlingskonzert einen so brausenden Erfolg gehabt hatte?

Dann kam der unsagbar schöne Tag, als sie die Reise gen Süden antraten. Gen Süden, durch Deutschlands fruchtbare Weinprovinzen, den Rhein hinauf, vorbei an mittelalterlichen Burgen, am Loreleifelsen. In Köln hatten sie sich einen ganzen Tag aufgehalten, denn – so meinte Jess: „Man kann nie wissen, wann du wieder einmal Gelegenheit hast, den Kölner Dom zu sehen. Du mußt ihn sehen!"

An einem glühend heißen Sommertag waren Jess und Anne andächtig die breite Treppe hinaufgestiegen und in die majestätische Stille des Doms eingetreten. Anne kam sich ganz winzig vor unter den hohen, gotischen Bögen, und ihre Augen weiteten sich beim Anblick dieser Schönheit – einer Schönheit, die sie überwältigte und ganz stumm machte.

Dann standen sie im Mittelschiff und schauten sich den Hochaltar an mit seiner goldenen Monstranz, sie besahen sich die Glasmalereien, die mächtigen Portale, die ragenden Säulen, die wunderbaren Skulpturen – Anne stand ganz still und hielt den Atem an.

Jess hatte den Kölner Dom schon früher einmal gesehen, und er wußte, wie überwältigt man war, wenn man zum erstenmal vor der Offenbarung dieser Schönheit stand. Er blickte in Annes Gesicht hinunter. Es leuchtete, es trank die

Eindrücke in sich ein – und die Tränen rannen ihr unaufhaltsam über die Wangen.

Sie waren in der Schatzkammer gewesen, wo Anne, verwundert wie ein kleines Kind, gefragt hatte: „Ist es wirklich echtes Gold, Jess?" Und sie hatte die Perlen auf den Meßgewändern betrachtet, die riesigen Edelsteine in den Kardinalsringen, die seltsamen Glasmedaillons, in schweres, getriebenes Gold eingefaßt, die die Gebeine von Heiligen, ihre Haare und Zähne enthielten.

„Wie merkwürdig", hatte Anne geflüstert. Und sie war andächtig von einem Gegenstand zum anderen geschritten, hatte geschaut und geschaut und war nicht müde geworden.

Zuletzt waren sie in einem der Türme sämtliche fünfhundert Stufen hinaufgeklettert und hatten hoch dort oben gestanden und über die Stadt geblickt. Und Anne hatte Jess bei der Hand gefaßt.

„Kannst du mich nicht mal in den Arm kneifen, Jess – ich begreife nicht, daß ich das sein soll – die hier steht – und mit dir – daß die, die augenblicklich hier im Turm des Kölner Doms steht, die Anne Viken ist . . ."

„Das ist sie ja auch gar nicht", hatte Jess gelächelt, und seine Augen waren voller Zärtlichkeit, als er in das helle Gesicht seiner Frau blickte. „Zum Glück ist es Anne Daell!"

Sie hatten sich mehrere Stunden im Dom aufgehalten. Als sie wieder auf die Straße hinaustraten, fühlten sie sich abgespannt. Die Nachmittagssonne brannte, und das Thermometer zeigte siebenunddreißig Grad im Schatten.

Jess nahm mit stolzer Besitzermiene seine Frau unter den Arm und führte sie um den Dom herum und über einen Platz.

„Wo gehen wir hin?" fragte Anne. „Ich habe Hunger."

„Zuerst was für die Nase, und dann was für den Mund!" lachte Jess. Vor einem Eckladen blieb er stehen. „Schau genau hin, meine Teure! Du stehst sozusagen vor dem Eau de Cologne in ureigenster Person! Hast du jemals darüber nachgedacht, was ‚Eau de Cologne' eigentlich heißt?"

„Nein", sagte Anne ehrlich.

„Dann tu es jetzt mal! Ehe du es nicht herausbekommen hast, kriegst du keins!"

„Eau – das ist Wasser – de – von – – Cologne – Cologne – – ach, ich hab's, das muß der französische Name für Köln sein!"

„Ganz recht. ‚Wasser aus Köln' – hier heißt es ganz einfach ‚Kölnisch Wasser'."

„Und das soll ich wissen? Denkst du vielleicht, im Stall von Möwenbucht hat es nach Eau de Cologne geduftet oder nach Kölnisch Wasser bei den Schweinen?"

Dann gingen sie in das Geschäft, und Anne bekam „Wasser aus Köln" und ein Stück wunderbare Seife, und sie ihrerseits schenkte Jess Rasierkrem und Gesichtswasser. Es machte so viel Spaß, in dem entzückenden Laden einzukaufen, und es machte so viel Spaß, hinterher wieder in den Sonnenschein hinauszutreten mit all den kleinen, blaugrünen Paketen, die ihnen an blaugrünen Schlaufen von den Fingern baumelten.

Abends saßen sie in einem Gartenrestaurant am Rhein und tranken einen leichten Weißwein aus hohen Römern. Mitternacht war schon vorüber, als sie in ihr Hotel zurückkamen.

Sie waren Mann und Frau, und sie waren so unendlich glücklich, sie hatten das ganze Leben vor sich, und die große, herrliche Welt lag offen vor ihnen und harrte ihrer. „Daß es so etwas gibt, daß zwei Menschen so glücklich sein können", flüsterte Anne, und dann beschlich sie die Müdigkeit nach dem ereignisreichen Tag, und sie schlief ein, mit dem Kopf an ihres Mannes Schulter.

Am nächsten Tag waren sie weitergereist, nach München und über die Grenze nach Salzburg, ins Österreichische.

Durch einen Freund von Onkel Herluf – Onkel Herluf würde wohl bei Anne kaum je anders heißen, es war für sie unvorstellbar, ihn „Schwiegervater" zu nennen – hatten sie eine Adresse bekommen, an die sie schreiben sollten. Sie konnten vielleicht in dem betreffenden Haus ein Zimmer mieten. Oh, sie hatten eine nette Antwort bekommen: gewiß konnten sie ein Zimmer mit Klavier bei der Familie Eichlberger haben, mit dem Autobus eine Stunde von Salzburg entfernt. Hier konnte Jess so viel Ruhe zum Arbeiten haben, wie er brauchte, und der Weg nach Salzburg hinein war nicht schlimm – sie konnten hineinfahren, sooft es sie gelüstete.

Vorläufig verlebten sie nur ihre Ferien und Flitterwochen. Erst im August sollte Jess ernstlich mit den Studien beginnen.

In Salzburg war so unglaublich viel Schönes zu sehen! Sie waren in der ganzen Burg – der Hohensalzburg – herumgeklettert, in der Folterkammer hatte Anne Anwandlungen von Übelkeit und eine Gänsehaut bekommen und war hinterher über die Aussicht vom Turm in Jubelrufe ausgebrochen. Sie hatten auf der Terrasse zu Mittag gegessen und sich an den Berggipfeln rings umher nicht sattsehen können.

„Weißt du", sagte Jess, „sicher haben alle Menschen auf der Landkarte einen bestimmten Punkt, in den sie sich aus irgendeinem Grunde verliebt haben – manche müssen, ehe sie sterben, die Blaue Grotte auf Capri gesehen haben, andere möchten vielleicht die Mitternachtssonne erleben, wieder andere den Tower, und manche haben keinen Frieden in ihrer Seele, bevor sie nicht die Freiheitsstatue und das Empire State Building mit eigenen Augen geschaut haben. Für mich hieß die Zauberformel immer ‚Salzkammergut' – von kleinauf an. Frag mich nicht, wieso – ich weiß es selber nicht. Aber ich habe immer gewußt, daß ich einmal in meinem Leben Salzburg und das Salzkammergut erleben *müßte*. Und jetzt . . ."

Er schwieg, aber seine Augen redeten um so lebhafter weiter und suchten Annes Blick.

Er brauchte nicht mehr zu sagen. Denn Anne las seine Gedanken, Wort für Wort:

Und nun erlebe ich, daß dieser Traum meines Lebens erfüllt wird, und ich erlebe ihn zusammen mit der Frau, die ich liebe . . .

Sie waren den langen, gewundenen, abschüssigen Weg zum Kapuzinerkloster hinabgestiegen, sie hatten abends in der Konditorei Winkler unter einem gestreiften Sonnenschirm gesessen und über die Stadt mit all ihren Lichtern geblickt, mit den schönen alten Häusern und der Salzach, die im Mondschein einem stählernen Bande glich und die Stadt in zwei Hälften teilte. Sie hatten eine Pferdedroschke gemietet und waren die Kreuz und die Quer durch die Stadt gefahren, sie waren im Dom und einigen andern Kirchen gewesen, und sie hatten in alten, lustigen Restaurants gegessen, mit weißgetünchten Mauern und schwarzbraunen hölzernen Tischen und Hockern.

Für Anne war das alles ein großes Erlebnis, alles war ein lebendig gewordenes Märchen.

Aber in dem friedlichen kleinen Dorf, in das sie dann kamen, herrschte eine von Sonne gesättigte Stille, hier breiteten sich grüne Weiden aus, mit gepflegtem Vieh, hier fuhren niedrige Karren mit großen Rädern, mit Ochsen bespannt. .

Vor den Häusern standen kleine „Hauskapellchen" mit Madonnenbildern in leuchtenden Farben, mit Lichtern und Blumen und Engeln und dem Jesuskind, aus Glanzpapier geschnitten. An den Straßenkreuzungen und den Brückchen standen Kruzifixe oder Madonnenbilder, die „Marterln", vor denen die Bauern das Zeichen des Kreuzes machten und den grünen Filzhut zogen. Die Mädchen und die jungen Frauen aber beugten die Knie und schlugen über Stirn und Brust das Kreuz.

Anne und Jess wohnten in einem hellrosa getünchten Häuschen mit grünen Läden und überquellenden Blumenkästen vor allen Fenstern. In ihrem Zimmer standen die Fenster Tag und Nacht offen. Tonleitern und Etüden erschollen über die stille kleine Dorfstraße. Wenn Jess seine großen Stücke übte – Sonaten und die Solopartien der Klavierkonzerte –, dann blieben die Leute stehen und lauschten und nickten.

„Der kann was", sagten sie zueinander, und dann lächelten sie und gingen weiter, ihren Pflichten und ihrem Werktag nach, während sie unwillkürlich ein paar Takte vor sich hinpfiffen von dem, was sie eben gehört hatten. So wie ihre Vorfahren durch Generationen vor sich hingepfiffen hat-

ten, so, wie in diesem Land immer bei aller Musik gelauscht
und gelächelt worden ist – in diesem Land, das die größten
Meister der Musik hervorgebracht hat . . .

Anne machte das Frühstück und das Abendbrot selber,
und es bereitete ihr viel Vergnügen, in den kleinen Läd-
chen des Dorfes ihre Einkäufe zu machen. Sie hatte schnell
gelernt, anstelle von „Guten Tag" das freundliche „Grüß
Gott" zu sagen, und sie zuckte nicht mehr zusammen oder
meinte, die Leute machten sich über sie lustig, wenn sie mit
„gnädige Frau" angeredet wurde.

Hätten die zu Hause in der Möwenbucht aber gewußt,
daß ihre kleine Anne mit „gnädige Frau" tituliert wurde,
dann – dann – – nein, es war sicher gut, daß sie es nicht
wußten, dachte Anne, insgeheim leise lachend, während sie
fünf Deka Käse und „ein Achtel Schlagobers" forderte.

„Ich dachte, es sei ein militärischer Rang", sagte Anne zu
Jess, als er ihr beim ersten Einkauf erklärte, daß „Schlagobers" Schlagrahm heiße.

Das Mittagbrot aßen sie auswärts, entweder in der Gast-
stube des einzigen Gasthauses im Dorf mit der niedrigen
Decke, oder in irgendeiner kleinen Gastwirtschaft in der
näheren Umgebung. Und dann machten sie einen Spaziergang, und Jess fotografierte alles zwischen Himmel und
Erde; sie machten mit Menschen, denen sie begegneten,
einen Schwatz, sie studierten die Landkarte und merkten
sich die Namen all der herrlichen Berge rundum – und
dann gingen sie nach Hause, und Jess arbeitete weiter, während Anne strickte oder Briefe schrieb. Jess hatte sie feierlich zu seiner Privatsekretärin ernannt, und sie erledigte
seine gesamte Korrespondenz.

Die Zeit verging. Es war schon Juli, und sie fuhren eines Tages wieder nach Salzburg hinein, um Karten für die Festspiele zu holen. Anne wurde in einer Konditorei abgeliefert, wo Jess sie abholen wollte. Da saß sie nun und schaute betroffen auf ihre Semmel, als Jess kam und sie erlöste.

„Ich habe heute hundert Schilling gespart", verkündete Jess. „Ich hatte nicht geglaubt, daß ich die Eintrittskarten für die Eröffnung umsonst bekommen würde. Es ist ja kein Konzert – aber es ist trotzdem geglückt. Mit andern Worten, holdes Weib: Heute ziehen wir uns unsere allervornehmsten Spendierhosen über und essen erlesen zu Mittag, und zwar im ‚Goldenen Hirsch‘, und ich will kein Wort darüber hören, daß wir das Geld für die Miete nehmen sollten oder zwei Monate lang für die Frühstückssemmeln oder für die Autobuskarten oder . . ."

„Mein Herr und Meister", sagte Anne fromm, „es ist ja auch kein Wörtchen über meine Lippen gekommen."

„Ach nein – da hast du ja eigentlich recht", meinte Jess – und dann lachten sie wieder. Nicht daß sie einen besonderen Anlaß zum Lachen gehabt hätten – aber das Lächeln und das Lachen lag bei ihnen immer auf dem Sprunge und bereit, bei der allerkleinsten Gelegenheit herauszuplatzen.

„Wollen wir erst ins Mozartmuseum gehen?" fragte Anne.

„Bei dem schönen Wetter? Ich dachte, wir heben uns das auf, bis wir ‚Così fan tutte‘ gehört haben. Wollen wir nicht lieber nach Hellbrunn fahren und uns dort die Wasserkünste ansehen?"

„Meinetwegen gern", sagte Anne fügsam.

Sie hatten eine vergnügliche Stunde im Schloßpark von Hellbrunn, wo es in all den wunderlichen kleinen Grotten mit den seltsamsten Gebilden von Springbrunnen und Wasserspielen kühl und herrlich war. Hier waren kleine mechanische Szenerien aller möglichen Art zu sehen, die mit Wasserkraft angetrieben wurden, und an den sonderbarsten Stellen waren Springbrunnen angelegt – man lief alle Augenblicke Gefahr, daß einem ein künstlicher Regen ins Gesicht sprühte. Und hätte der Fremdenführer gewollt, dann hätte er auch aus harmlos aussehenden Sesseln und Hockern Wasserstrahlen hervorzaubern können, wenn nichtsahnende Besucher draufsaßen.

„Das viele Wasser macht einem geradezu Hunger", sagte Jess. Er suchte sich einen netten Tisch in dem gemütlichen Speisesaal „Zum Goldenen Hirsch", dessen Decke aus weißgetünchten Gewölben bestand, und in dem die hölzernen Tische mit munteren karierten Bauerndecken gedeckt waren. „Heute essen wir mal was Extragutes – und etwas, wovon wir ordentlich satt werden!"

„Schnitzel und Gemüse", sagte Anne.

„Iß du nur Schnitzel, verehrte Frau Gemahlin – ich suche mir was Besonderes aus – hier, was das wohl sein mag – Palatschinken – sicher Schinken auf eine neue und interessante Art zubereitet. Schinken ist im Augenblick das Gegegebene für mich. Herr Ober . . ."

Der erfahrene Oberkellner nahm die Bestellung entgegen und verzog keine Miene. Kurz darauf wurde eine Platte mit einem köstlich duftenden Schnitzel und Erbsen, Bohnen und Tomaten für Anne gebracht.

Vor Jess stellte der Kellner einen Dessertteller mit einem zusammengerollten Pfannkuchen und Eingemachtem hin.

„Was soll denn das sein?" fragte Jess verblüfft.

„Palatschinken, mein Herr", sagte der unerschütterliche Kellner.

„Siehst du, lieber kleiner Jess", sagte Anne in belehrendem Ton. „Es nützt dir wenig, daß du Schiller oder ‚die Angst, die Axt' aufsagen kannst, wenn du dabei nicht einmal gelernt hast, eine österreichische Speisekarte zu lesen. *Ich* hatte nämlich gesehen, daß Palatschinken unter den Desserts stand und hatte schon so eine Ahnung ..."

„Anne", sagte Jess feierlich. „Im allgemeinen hat ein Mann natürlich nicht das Recht, die Hand gegen seine Frau zu erheben ..."

„Aber?" fragte Anne.

„Aber heute abend, wenn wir erst zu Hause in unserm Kämmerchen sind, kriegst du Haue, so wahr mir Gott helfe!"

„Das glaube ich nicht eher, als bis ich es selber erlebe", sagte Anne gelassen und machte sich über das Schnitzel her.

Die offene Tür zum Glück

Liebste Eva, lieber Onkel Herluf!

Jess sagt, ich solle mich schämen, ich hätte sicher eine ganze Woche nicht geschrieben. Ja, er hat gut reden von wegen Schämen, er weiß ja nicht mal mehr, wie ein Federhalter aussieht. (Noten schreibt er nämlich vorläufig nur mit dem Bleistift.)

Tausend Dank für den langen und lieben Brief. „Ist er für mich?" fragte Jess, als Eichlberger mit der Post kam.

„Nein, für die Frau Gemahlin", sagte Eichlberger, und ich mußte mindestens dreimal schlucken, bis ich die Frau Gemahlin hinuntergekriegt hatte.

Vielen Dank für die Zeitschrift, Eva! Dieser Strick-
wettbewerb sieht vielversprechend aus. Ich will mich gern
beteiligen, wenn Du meinst – zweitausend Kronen als erster Preis sind wirklich nicht zu verachten. Aber ich kann
sicher nichts gewinnen. Bei einem solchen Preisausschreiben
wird haarfein gesiebt. Doch – warum nicht? Es kostet mich
schließlich nur das Porto, wenn ich es versuche. Ich habe
hier Zeit genug zum Stricken. Vormittags sitze ich alle
Augenblicke auf der Bank vorm Haus und stricke und
schaue mir die Leute an, und der Nachbar hat eine Katze,
die all ihre Liebe auf mich geworfen hat und sich mit mir
auf der Bank ein Stelldichein gibt. Ich rede norwegisch, und
sie miaut auf deutsch, und so verstehen wir einander großartig. Ich habe ihr – es ist übrigens ein Kater – den Namen
Johann Sebastian gegeben, was Jess blasphemisch findet.

Aber jetzt wirklich zu ernsteren Dingen. Wenn ich es
recht bedenke – ich bin doch eine alberne Liese geworden,
ist das zu glauben? Wißt Ihr noch, wie artig und schüchtern
ich war, als ich das erste Mal zu Euch kam? Und das ist erst
dreiundeinhalb Jahre her. Könnt Ihr das begreifen?

Das war eigentlich der schönste Abend in meinem ganzen Leben. Nein, ich weiß doch nicht so recht. Späterhin
habe ich so wahnsinnig viel Schönes erlebt!

Aber nicht wahr, ich war damals brav und zurückhal-
tend und wohlerzogen? Und jetzt bin ich eine Schwatzliese
geworden! Das kommt aber nur daher, weil ständig die
Freude in mir brodelt und kocht, ich bin so glücklich, daß
sie als lauter Geschwätz und dummes Zeug aus mir heraus-
zischt. Jess sagt, es sei mein Lebensüberschuß.

Wie gesagt, jetzt – wenn auch nicht zu ernsten, so doch
zu vernünftigen Dingen: Gestern waren wir also bei der

Eröffnung der Festspiele. Mir fehlen einfach die Worte! Ich bin immer noch so benommen, daß ich noch nicht so recht wieder zu mir gekommen bin. Ihr seid ja auch in Salzburg gewesen. Ihr habt den großen Platz vorm Dom gesehen. Habt Ihr ihn aber bei der Eröffnung gesehen, wenn er voll stand von andächtigen Zuschauern? Nein, das habt Ihr nicht! Ich hätte nie gedacht, daß ein Schauspiel solch einen Eindruck auf mich machen könnte! ‚Jedermann' – in glühender Nachmittagssonne auf der einfachen Bühne gespielt! Ich traute mich fast nicht zu atmen – von dem Augenblick an, als die grauen Steinfiguren auf den Galerien über dem Säulengang zu lebendigen Menschen wurden, die mit Hornsignalen und Wechselgesang einsetzten. – Während des ganzen Stücks wird die Stadt selbst, die Festung und der Kerkerturm mit ins Spiel einbezogen – bis der Dom sich dem reuigen Sünder öffnet! Dieser Tag wird mir in meinem ganzen Leben unvergessen bleiben, ein Feiertag – ich kann es nicht anders ausdrücken.

Und nun freue ich mich unsagbar auf ‚Così fan tutte' – auch im Freien gespielt – und auf mehrere Konzerte! Und es ist mir ein Genuß, durch die Straßen von Salzburg zu gehen und Deutsch, Englisch, Französisch, Italienisch und selbstverständlich auch die skandinavischen Sprachen zu hören – es brodelt überall von Menschen, die ganze Stadt ist in Feststimmung, und die Sonne strahlt, und die grünen Matten auf den Bergen ringsum leuchten.

Ich bin ja keine Dichterin, und ich kann das alles nicht so beschreiben, wie es beschrieben werden müßte. Ich habe ein Gefühl, als hörten und sähen wir nicht nur mit Augen und Ohren, sondern nähmen die Eindrücke auch noch mit der Haut und mit der Nase, einfach mit allen Sinnen auf!

Uns geht es wunderbar, und ich fasse es nicht, womit ich solch ein Glück verdient habe. Dies Märchen erleben zu dürfen – und es mit Jess zusammen erleben zu dürfen!

Wenn ich *das* an jenem Tage vor vier Jahren geahnt hätte, als ich im Gymnasium anfing! An dem Tag, als Jess und ich zusammen die Treppe hinaufgingen, und er mir die Tür aufhielt und mich zuerst hindurchgehen ließ – so was war mir vorher noch nie passiert.

Wenn ich an diese erste Begegnung zurückdenke, dann sehe ich darin beinahe etwas Symbolisches. Die Tür, die Jess mir damals aufhielt, das war die Tür zum Märchen – die Tür zum Glück – die Tür zum Leben . . .

Ich bin so unbeschreiblich glücklich!

Tausend innige Grüße Euch beiden von Eurer

Anne

Liebe Eltern!

Im großen und ganzen kann ich Obenstehendem beipflichten. Ich möchte nur bemerken, daß ich zwar die bewußte Tür geöffnet habe, daß Anne aber zuerst hindurchgegangen ist – Anne gab die Richtung an und steckte den Weg ab – den Weg, der dann unmittelbar ins Glück hineinführte!

Ich bewundere meinen eigenen guten Geschmack. Du liebe Zeit, wie war ich begabt, als ich mir meine Frau aussuchte!

Innigste Grüße
Jess

Annes „Staublappen"

„Nun, Jess? Was ist los? Ist Dir eine Komposition abgelehnt worden, oder trägst du dich mit Scheidungsgedanken?"

„Soso – du kannst es mir also am Gesicht ablesen, daß etwas los ist?"

„Natürlich kann ich das – und das ist ein Glück. Du kannst nie ein Geheimnis vor mir haben."

„Nein, das scheint mir auch so. Ja, es ist nämlich das – ich wollte ja heute mit Professor Gräbner sprechen. Du weißt ..."

„Daß er dich zu einem neuen Stokowsky ausbilden soll oder zu einer Kombination von Stokowsky und Edwin Fischer, war es nicht so?"

„Doch, so ungefähr. Er ist wohl der einzige, der für so einen wie mich paßt, für einen, der gleichzeitig Klavier spielen und komponieren und dirigieren möchte. Und nun spielt der Mann mir doch den Streich und wird krank, er ist in ein Sanatorium in der Schweiz gefahren – und da stehe ich nun. Das heißt, da sitzen wir, mitten im Herzen des Salzkammerguts. Hätte Gräbner mir nicht versprochen, mich von August an als Schüler anzunehmen, dann hätten wir uns ja nie hier so festgesetzt. Und was sollen wir jetzt machen?"

Anne machte ein ernstes Gesicht. Sie ließ das Strickzeug sinken.

„Das ist allerdings ein gewaltiger Strich durch die Rechnung, Jess."

„Das will ich wohl meinen."

„Aber Jess – ist Gräbner denn der einzige Mensch auf der Welt, der für dich in Betracht kommt? Es muß doch noch mehr geben, die . . ."

„Keine Ahnung, wer das sein sollte. Na ja, abgesehen von Maestro Martiani – aber an den darf man ja nicht von ferne denken."

„Wieso? Martiani – wer ist denn das? Und weshalb darf man an den nicht von ferne denken?"

„Wer das ist? Anne, Anne, weißt du das wirklich nicht? Er ist ein Dirigent von Gottes Gnaden und auch ein Pianist von Gottes Gnaden. Italiener, hat seine größten Lorbeeren in Italien geerntet, aber sonst auch noch verschiedene ringsherum in der Welt. Jetzt sitzt er auf besagten Lorbeeren in Paris, wo er einige wenige und auserwählte Schüler hat, die kleine Vermögen bezahlen, um ihm zu Füßen sitzen zu dürfen. Er ist nämlich auch ein Musikpädagoge von Gottes Gnaden, und es ist nicht im geringsten zu verwundern, daß die Stundenhonorare, die er nimmt, mit astronomischen Zahlen geschrieben werden. Nein, mein Herzchen, an den ist nicht zu denken! Im Ernst, ich weiß im Augenblick tatsächlich nicht, was wir machen sollen."

„Zunächst werden wir uns alle Konzerte anhören, für die wir noch Karten haben", sagte Anne. „Das ist doch von größtem Wert für dich – wenn du die allerbesten Orchester unter den allerbesten Dirigenten hören kannst."

„Na klar. Aber hinterher? Es ist ja witzlos, daß wir hier bleiben und daß ich in unserm Zimmer hocke und komponiere und ganz auf eigene Rechnung Konzerte einübe. Das kann ich ebensogut in Dänemark tun!"

Anne stand auf, ging zu Jess und strich ihm übers Haar.

„Man kann so ein Problem nicht in ein paar Stunden lösen, Jess. Wir müssen mal über die Sache nachdenken, und – und – könntest du nicht auf alle Fälle dem Maestro Martiani schreiben?"

„Pah! Wo denkst du hin! Ein kleines Jüngelchen aus Dänemark, außerhalb dieses winzigkleinen Landes ganz und gar unbekannt – in Martianis Augen ein blutiger Anfänger – o nein, mein Engel, wenn man bei dem arbeiten will, dann muß man beweisen können, daß es sich für ihn lohnt, Mühe an so einen zu wenden – er ist kein Lehrer für Anfänger, verstehst du! Große und bekannte Dirigenten schätzen sich glücklich, wenn er sich bereit erklärt, ihnen den letzten Schliff zu geben – Klaviervirtuosen von Weltruf lauschen voll Ehrerbietung seinem Urteil – du ahnst gar nicht, wovon du redest, Annekind."

„Nein, gewiß", sagte Anne leise. „Aber wir wollen mal überlegen, was wir tun können. Du mußt doch Leute kennen, die dir raten können – hol mal deine Empfehlungsschreiben, dann sehen wir nach."

„Nanu, Raoul – hier sehen wir uns wieder?!"

Jess blieb mitten im Menschenstrom stehen, der langsam aus dem Tor und weiter auf die Straße hinausflutete. Es war nach der Aufführung von „Così fan tutte".

Anne hörte erstaunt, wie Jess diese Worte auf französisch ausrief, während er einem kleinen, dunkelhaarigen und dunkelhäutigen Mann die Hand auf die Schulter legte.

„Aber Jess – du bist hier?"

Jess zog Anne dicht zu sich heran.

„Anne, dies ist ein guter Bekannter von mir – Raouls Vater war kurze Zeit in Kopenhagen Violinist, ein Kollege von meinem Vater – im vorigen Winter. Raoul, dies ist meine Frau – wenn du französisch mit ihr sprichst, dann mußt du langsam reden, es ist nicht ihre starke Seite."

„Deine Frau? Aber Jess, wann . . ."

„Im Mai. Falls du wissen wolltest, wann wir geheiratet haben! Bist du allein, Raoul?"

„Im Augenblick ja."

„Dann komm mit uns! Wir wollten gerade irgendwo eine Kleinigkeit essen."

Raoul schlug vor, in die älteste Gastwirtschaft von Salzburg, „St. Peters Stiftkeller", zu gehen. Eine Menge Menschen hatten augenscheinlich dieselbe Idee, denn die Wirtschaft war beinahe voll, als sie kamen. Sie fanden noch einen ganz kleinen Tisch im Freien, auf dem vielhundertjährigen alten Hofplatz mit seinen niedrigen Arkaden und den riesigen Säulen aus grauem Stein.

Raoul wollte Violinist werden wie sein Vater. Er war in Salzburg, „einfach nur, um Musik zu hören", wie er lächelnd sagte. Und so war es gar nicht zu vermeiden, daß die Unterhaltung bei Tisch sich um nichts anderes als Musik drehte. Jess glühte vor Erregung. Er kannte die Musik von „Così fan tutte" in- und auswendig – er war überhaupt ein Mozartenthusiast – und er redete und erklärte, stotterte und suchte nach Worten. Französisch war auch Jess' starke Seite nicht. Aber Raoul nickte und verstand die halben Sätze, und Jess half mit den Händen nach – den schlanken, lebendigen Musikerhänden – er pfiff, er summte und dirigierte mit einer Gabel und war völlig selbstvergessen, so daß Anne ihn am Ärmel zupfen mußte.

„Jess – die Leute gucken schon . . ."

Was machte es, daß die Leute herschauten? In der großen,

internationalen Gesellschaft waren so viele und so vieles zu sehen, daß ein junger Mann, der laut Themen aus einer Mozartoper pfiff und mit einer Gabel dirigierte, kein Aufsehen erregte!

„Ja, aber das ist ja gerade die Kunst!" rief Jess. „Das Tempo in der Ouvertüre zu halten –" hier beschrieb die Gabel blitzschnelle Bewegungen in der Luft – „hier, weißt du –" jetzt pfiff Jess – – „dann setzen die Geigen ein – aber das Thema vom letzten Akt muß trotzdem deutlich hervortreten, es darf nicht in dem hektischen Gejage ertrinken." Jess pfiff die ersten Takte der Arie des Alfonso, und die Gabel blitzte im Schein der brennenden Kerzen in alten Laternen.

Anne schwieg und hörte zu. Sie verstand nur Bruchstücke von dem, was gesprochen wurde. Aber sie sah und spürte, wie Jess ganz in der Musik aufging, die sie soeben gehört hatten, und sie wußte, daß seine feinnervigen Hände das Verlangen hatten, die Restaurantgabel mit einem Taktstock zu vertauschen, und daß er darauf brannte, seine eigene Auffassung einem großen, hellhörigen Orchester mitzuteilen . . .

Sie mußten sehr bald aufbrechen, wenn sie ihren Autobus erreichen wollten. Als sie sich erhoben, bemerkte keiner von ihnen einen alten Herrn, der in der Ecke im Schatten saß, eine staubige Weinflasche und ein hochstengeliges Glas vor sich, und sie scharf beobachtete.

Als sie gegangen waren, winkte der alte Herr den Kellner heran.

„Wissen Sie zufällig, wer die jungen Leute waren, die hier eben fortgegangen sind?"

Der Kellner schüttelte bedauernd den Kopf.

„Leider nein, mein Herr. Das heißt, ich glaube sicher, daß es Skandinavier waren. Jedenfalls der junge Mann, der immer so mit der Gabel gefuchtelt hat, und die junge Dame. Der andere war offenbar Franzose ..."

„Aha, nun ja. Vielen Dank. Ich möchte gern zahlen ..."

Der alte Herr nahm seinen Stock und ging ebenfalls. Er pfiff ganz leise vor sich hin. Es war die Arie des Alfonso aus dem letzten Akt von „Così fan tutte".

Jess und Anne gingen durch den schmalen, weißgetünchten Flur des vierhundert Jahre alten Hauses in der Getreidegasse. Die alte, ausgetretene Treppe hinauf, bis zum obersten Stockwerk des Hauses.

Andächtig gingen sie von Raum zu Raum. Hier standen Glasvitrinen mit vergilbten Papieren – Mozarts eigene Handschrift in Briefen und auf Notenmanuskripten. Hier stand sein Spinett. Hier war –

„Ach, sieh doch mal, Jess!"

Anne zeigte auf ein Schild, das in einer leeren, weißgetünchten Ecke an der Wand hing. Jess las es und lächelte.

„Hier stand Mozarts Wiege."

Sie gingen weiter, ein Stockwerk tiefer. In einem langen, schmalen Raum mit gedämpfter Beleuchtung schauten sie sich die vielen Wandnischen an. Jede einzelne war erleuchtet. Sie zeigten in kleinster Ausführung die Dekorationen der verschiedenen Bühnen zu den Mozartopern.

„Was ist das, Jess?"

„Das da? Das muß ‚Figaros Hochzeit' sein – erinnerst du dich noch an die Ouvertüre? Mozart liebte wahnwitzige Tempi für seine Ouvertüren, und die vom Figaro, die ist presto vom Anfang bis Ende ..." Jess pfiff leise, und Anne nickte. Ja natürlich, die kannte sie. Die hatte sie einmal in einem Schulkonzert gehört mit Jess zusammen – damals.

„Ich weiß noch genau, ich saß da und schaute auf deine Hände", sagte sie lächelnd. „Ich glaube, du hattest keine Ahnung davon, daß deine rechte Hand sich die ganze Zeit bewegte? Als wolltest du beim Dirigieren helfen . . ."

„Das hast du gemerkt? Nein, davon hatte ich keine Ahnung. Aber ich glaub's dir gern."

Sie gingen von einer Nische zur andern. Jess pfiff Motive aus den verschiedenen Opern, er erzählte und erklärte, und seine Hände unterstützten die Erklärungen – seine Rechte hielt dabei einen unsichtbaren Taktstock.

Touristen aller Nationalitäten drängelten sich im Museum. Anne und Jess bemerkten sie gar nicht. Sie waren mit dem beschäftigt, was sie sahen, mit dem, was Anne fragte und worauf Jess Antwort gab, und sie waren miteinander beschäftigt.

Keiner von ihnen merkte, daß ein alter Mann, einen altmodischen Stock mit goldenem Knauf in der Hand, ihnen mit den Blicken folgte. Keiner von ihnen ahnte, daß ein Augenpaar, das ihnen schon am Abend vorher in „St. Peters Stiftkeller" aufmerksam gefolgt war, wieder mit Wohlgefallen auf ihnen ruhte. Alte Augen suchen immer gern helle und glückliche Jugend.

Jess sah auf die Uhr.

„Wenn ich Gräbners Sekretär sprechen will, muß ich jetzt gehen, Anne! Vielleicht kann ich wenigstens erfahren, ob Gräbner in absehbarer Zeit zurückkommt, oder ob . . . Kommst du mit, oder willst du dir noch mehr ansehen?"

„Ich möchte gern noch ein wenig hierbleiben, Jess! Können wir uns nicht um zwei Uhr am Bus treffen?"

„Natürlich. Am Mirabellgarten. Weißt du den Weg?"

„Na, weißt du, ich bin doch kein neugeborenes Kind! Viel Glück ich mache drei Kreuze hinter dir – toi toi toi!"

Anne war allein und ging weiter an den Wänden mit den kleinen, erleuchteten Nischen entlang. Sie blieb stehen, holte den Katalog hervor, blätterte und zog die Brauen zusammen.

Da hörte sie eine Stimme dicht an ihrem Ohr:

„Kann ich Ihnen behilflich sein, Madame? Ich bin über diese Opern ziemlich gut im Bilde – und Ihr netter Fremdenführer hat Sie im Stich gelassen, wie ich gesehen habe."

Anne drehte sich halb um und schaute in ein zerfurchtes Antlitz mit buschigen grauen Brauen über einem Paar klarer, kluger Augen.

Der Mann hatte deutsch gesprochen, aber mit ausländischem Akzent.

„Tausend Dank – es wäre riesig nett – mein Mann mußte leider gehen . . ."

„Oh – das war Ihr Gatte? So jung und schon verheiratet? Hier, Madame, sehen Sie, dies ist der erste Akt aus der ‚Entführung aus dem Serail'. Die Oper wurde siebzehnhunderteinundachtzig komponiert – übrigens in dem Jahr, als Mozart heiratete; man spürt sein ganzes junges Glück in der Musik. Sie hat orientalische Anklänge – so zum Beispiel . . ."

Wieder stand ein Mann neben Anne und pfiff, und diesmal war es keine Restaurationsgabel, sondern ein Stock mit goldenem Knauf, der den Takt schlug und den Glasscheiben vor den Nischen bedrohlich nahe kam.

Anne gab sich alle Mühe zu folgen. Sie konnte eine ganze Menge Deutsch, aber trotzdem – dies war ja nicht gerade ein leichter Stoff – es war etwas anderes, als in Geschäfte zu gehen und Butter und Käse und Semmeln einzukaufen!

Ein paarmal mußte sie fragen. Sie entschuldigte sich und sagte dann errötend:

„Ich bin nämlich Norwegerin, und wir sind erst seit zwei Monaten hier."

„Sie sind Norwegerin, Madame? Eine Landsmännin von Edvard Grieg? Eine Landsmännin des a-Moll-Konzerts gewissermaßen?"

Anne nickte und lächelte.

„Ja, allerdings. Mein Mann ist übrigens dabei, es einzuüben."

„Ist Ihr Mann Pianist? Auch Norweger?"

„Nein, er ist Däne. Ja, er ist Pianist. Und möchte am allerliebsten Dirigent werden."

„Das hatte ich mir doch gedacht."

„Ja? – wieso – ?" Anne sah den alten Herrn fragend an.

„Ich saß gestern abend in ‚St. Peters Stiftkeller' neben Ihnen. Ich hatte meine Freude an dem jungen Mann, der mit einer Gabel ein eingebildetes Orchester dirigierte. Übrigens hatte er recht mit dem, was er über das Tempo in der Ouvertüre sagte. Studiert Ihr Mann etwa hier in Österreich?"

„Ja. Das heißt . . ." Anne warf einen schnellen Blick auf das Gesicht mit den wachen, lebhaften Augen. Es war plötzlich gar nicht mehr schwierig zu sprechen – und es tat so gut, sprechen zu können, so gut, sich von der Seele zu reden, was sie bedrückte.

„Er wollte bei Professor Gräbner studieren, und nun ist der Professor plötzlich erkrankt und in die Schweiz gefahren . . ."

„Ich weiß", nickte der andere. „Aber es muß doch noch andere geben, bei denen Ihr Mann studieren kann?"

Anne stieß einen kleinen Seufzer aus.

„Das ist gar nicht so leicht. Mein Mann möchte nämlich in erster Linie dirigieren, er sagt immer, es sei schön, Klavier zu spielen, aber das Schönste von allem sei doch, auf dem Rieseninstrument zu spielen, das Symphonieorchester heißt – ein Instrument, bei dem jede einzelne Saite ein lebendiger Mensch ist . . ."

„Soso, sagt er das –?"

Die Stimme des Fremden hatte einen neuen Klang. Einen tiefen, warmen Klang.

„Ja, das sagt er. Und außerdem möchte er weiter Klavier spielen. Und auch weiter komponieren. Er möchte alles zugleich machen. Und er sagt, es gibt nur einen Menschen, der ihn weiterbringen könnte, nun, da Professor Gräbner ausfällt – aber er hätte als ein kleiner, unbekannter Däne keinerlei Aussicht, sein Schüler zu werden – der Mann sitzt in Paris . . ."

„Möchte Ihr Mann dorthin?"

„Dorthin würde er am liebsten gehen – wenn er könnte!"

Der Herr blieb stehen, auf den Stock mit dem goldenen Knauf gestützt.

„Petite Madame – gestatten Sie mir, daß ich Sie ein paar Dinge frage! Es geschieht nicht aus Neugierde, sondern aus ehrlicher Anteilnahme. Ich habe nämlich vielleicht die Möglichkeit, Ihrem Manne zu helfen. Erzählen Sie mir von ihm. Hat er Konzerte gegeben? Wann? Wo?"

Und Anne erzählte. Sie erzählte von Jess' erstem Auftreten und den glänzenden Kritiken, die er bekommen hatte. Sie erzählte von Jess' Elternhaus, in dem die Musik das A und das O war. Von Jess' Kompositionen, seinen Radiokonzerten, davon, daß er als Neunzehnjähriger, als er noch im Gymnasium war, seine eigene Musik zu einem Weihnachtsstück dirigiert hatte. Anne war jetzt auf vertrautem Boden, und die fremde Sprache floß ihr leicht über die Lippen.

„Madame", sagte der Fremde. Er richtete sich auf, es sah aus, als habe er einen Entschluß gefaßt. „Ich möchte mit Ihrem Mann reden. Ich verspreche nichts, ich möchte erst sehen, ob er wirklich Talent hat. Ich werde morgen um drei Uhr in meinem Hotel sein. ‚Zum Goldenen Hirsch'."

„Und – und Ihr Name, Monsieur?"

Der Mann lächelte, und es schien, als wachse er vor Annes Augen. Es lag etwas vornehm Aufrechtes über ihm, als er sich in seiner Muttersprache vorstellte, wie er es immer getan haben mochte, wenn er diesen Namen aussprach, bei dem die Leute vor Ehrerbietung die Augen weit aufrissen:

„Sono Maestro Martiani."

„Du bist so schweigsam, Anne", sagte Jess bei der Rückfahrt im Autobus. „Weißt du, wie du aussiehst? Wie ein kleines Mädchen, das seiner Mutter zu Weihnachten einen Staublappen gestrickt hat und am Vormittag des Heiligen Abends nicht weiß, womit es sich die Zeit vertreiben soll!"

„Der Vergleich ist gar nicht einmal so dumm", lächelte Anne. „Ich hab' sogar einen kleinen Staublappen für dich, aber den kriegst du nicht eher, als bis wir in unserm Zimmerchen sind."

„Ich kann so was gut gebrauchen", meinte Jess. „Ich muß doch die Tränen meiner Enttäuschung trocknen. Es sieht düster aus. Gott weiß, ob wir nicht lieber in Richtung Dänemark aufbrechen sollen. Wir können nicht hier so herumhängen und das ganze Stipendium für Wiener Schnitzel und Autobuskarten verbrauchen . . ."

„. . . ja, und Palatschinken", ergänzte Anne. „Wart nur, Jess. Vielleicht können wir den Staublappen gebrauchen, Freudentränen damit abzutrocknen!"

Wenn es Jess' Art gewesen wäre, Tränen zu vergießen, dann wären es diesmal Freudentränen gewesen. Er stand zu Hause in ihrem „Kämmerlein" und starrte auf eine weiße Karte.

„Ich erwarte Sie im Hotel ‚Zum Goldenen Hirsch' morgen, Donnerstag, um fünfzehn Uhr. Martiani."

„Anne . . ." sagte Jess mit versagender Stimme.

„Ja, Jess. Es stimmt."

„Anne!"

„Komm und setz dich hin, mein Junge! Dann werde ich dir erzählen . . ."

Der Mondsee

„Es ist wunderbar, Jess!" sagte Anne. Sie schlang ihre Arme um seinen Hals, und ihre Augen glänzten.

„Es ist so unglaublich schön – und ich bin so glücklich – so glücklich . . ."

„Ja, Anne. Aber es ist mir noch völlig unklar, wie wir es schaffen sollen."

„Aber mir nicht, Jess! Wir *werden* es schaffen!"

Jess schüttelte den Kopf.

„Es wird ein Vermögen kosten, Anne! Allein der Unter-

richt – der schluckt eine Riesensumme – aber ich muß ja
auch wohnen und essen – und du mußt wohnen und
essen . . ."

„Wir schaffen sowohl das Wohnen als auch das Essen!"
Anne ließ ihn los.

„Komm, Jess, wir machen einen Spaziergang. Ich bin den
ganzen Tag noch nicht draußen gewesen – ich habe immer
bloß auf der Bank gesessen und gestrickt und Johann Sebastian unterhalten. Wir können uns von Eichlbergers die
Räder leihen."

„Wo willst du denn hin?"

„Zum Mondsee."

„Mondsee?"

„Ja, zum Mondsee. Kommt von Mond, so viel Deutsch
wirst du doch wohl können?"

„Und was willst du da?"

„Ich möchte den See mit dem wunderschönen Namen
sehen, bevor wir abfahren. Und jetzt hat's Eile damit!"

„So? Du hast also die Absicht, mich zu verlassen?"

„Ja, Jess. Sogar sehr bald. Aber darüber wollen wir uns
– am Mondsee unterhalten."

Sie liehen sich Eichlbergers Räder aus, und dann fuhren
sie zum Mondsee. Es fing schon an zu dämmern, als sie
anlangten. Sie stellten die Räder ein, und dann gingen sie
Arm in Arm durch eine alte Lindenallee zu dem stillen,
dunklen See hinunter.

„Da liegen Ruderboote, Jess. Wollen wir eins mieten?"

O ja, die Boote seien zu vermieten. Und dann ruderten
sie über das blanke, seidig glänzende Wasser in die Abend-
dämmerung hinaus.

„Wie schön es hier ist, Jess."

„Ja. Es war ein guter Einfall von dir, hierherzufahren. Nun leg los, Anne – und erzähle mir, was für einen Plan du ausgeheckt hast."

„Erst möchte ich wissen, was Maestro Martiani alles gesagt hat."

„Das habe ich ja schon erzählt."

„Nein, es ging viel zu schnell. Ich will jede Einzelheit wissen."

„Als erstes sagte er, ich hätte eine bezaubernde Frau, aber das wußte ich ja schon . . ."

„Jetzt mal ernst, Jess."

„Na, wenn das keine ernste Sache ist! Also, dann fragte er mich nach allem möglichen aus, ich antwortete artig wie ein wohlerzogener kleiner Schuljunge. Dann kommandierte er mich nach unten, wo ein Flügel stand, und ich mußte ihm vorspielen. Ich spielte die Solopartien aus Griegs a-Moll-Konzert und etwas von Schumann und etwas aus Beethovens Viertem. Und dann unterbrach er mich plötzlich und sagte, ich solle mitkommen. Er wolle sich eine Orchesterprobe anhören, die einer seiner früheren Schüler leitete. Wir kamen mitten in die Probe hinein, und als der Dirigent Martiani sah, klopfte er ab und kam zu uns herunter. Und im nächsten Augenblick stand ich auf dem Pult, und mir wurde befohlen, den ersten Satz der Jupitersymphonie zu dirigieren."

„Ja, aber . . ."

„Doch, doch, ich hatte ihm gesagt, die hätte ich auf eigene Faust studiert, und bei der waren sie gerade, als wir kamen – und vor mir lag auch die Partitur, und das Herz schlug mir bis in den Hals hinauf, aber es blieb mir ja nichts weiter übrig, als mich kopfüber hineinzustürzen."

„Und dann?"

„Und dann? Anne – ich kann es gar nicht beschreiben. Den Taktstock zu heben – und vom ganzen Orchester Antwort zu erhalten – mit Hilfe eines – Holzstocks zu spielen – und mit den Fingern der Linken die Instrumentengruppen hervorzulocken – eine kleine Bewegung mit der Hand zu machen und zu spüren, wie das Orchester sie versteht – das zu hören, was bisher nur im Kopf oder im Herzen getönt hatte – zu hören, wie es tönte, wie es von einem großen Orchester aufbrauste..." Mit einemmal bebte Jess' Stimme. „Ich kann es nicht beschreiben, Anne – es war so wunderbar, daß – daß – ich glaube fast, ich brauche deinen Staublappen, um mir die Tränen damit abzuwischen!"

Noch nie hatte Anne es erlebt, daß Jess' Stimme so gerührt war. Er hatte aufgehört zu rudern, er saß über die Ruder vorgeneigt, und der kleine Kahn trieb über den blanken, jetzt blauschwarzen See dahin.

„Und dann, Jess?"

Anne hatte ihre Stimme gedämpft.

„Dann – dann sagte er – ich hätte viel zu lernen, aber die Anlagen seien vorhanden – ich sei durch und durch musikalisch – ich – ich dürfte im August bei ihm anfangen..." Jetzt sank Jess' Stimme, und Anne hörte, wie hoffnungslos sie klang.

Sie beugte sich vor und legte ihre Hand auf die seine.

„Hör zu, mein Junge. Weißt du noch, daß ich immer sagte: ,Ich bin es, meine Kenntnisse sind es, die in unserer Ehe die Reserve bilden sollen.' Du sollst spielen, du sollst lernen, du sollst dirigieren, du sollst dich ganz der Musik widmen. Unser Geld reicht für dich allein, Jess! Du gehst nach

Paris, hast du verstanden? Du verwendest das Geld für dich und nicht für Essen und Kleidung und Autobusfahrten für mich. Und wer weiß, wenn du erst in Paris bist, dann kann es doch sein, daß du Klavierschüler bekommst – meinst du nicht? Und deine Kompositionen werden doch recht gut verkauft – vielleicht kannst du Grammofonplatten bespielen – man kann nie wissen. Oder du bekommst Begleitaufträge. Du begleitest Sänger und Violinisten! O Jess, es wird schon gehen – du schaffst es ganz bestimmt!"

„Und was wird aus dir, Annekind?"

„Ich gehe nach Dänemark zurück oder vielleicht auch nach Norwegen. Ich glaube, besser nach Norwegen – du weißt, dort kann ich jederzeit eine gute Stellung bekommen, ich habe doch mein Examen in der Handelsschule mit ‚sehr gut‘ bestanden, nicht wahr – ich kann mich selber durchbringen, das habe ich doch bewiesen."

„Ja, das hast du, weiß Gott, bewiesen!"

Sie schwiegen ein Weilchen. Jess tauchte die Ruder wieder ins Wasser. Silbern schimmernde Tropfen vom Mondsee rollten an den blanken Ruderschaufeln hinab.

„Aber Anne, begreifst du nicht, daß es für mich demütigend ist – ich habe dich dazu überredet, mich zu heiraten, wir wollten ins Ausland gehen und ein schönes Jahr miteinander verleben, bevor wir uns zu Hause niederließen – und nun soll ich dich nach zwei Monaten schon wegschicken – bitte, Anne, fahr nach Hause und rackere dich in einem Büro ab, und spare Geld für unsere Wohnung zusammen, ich kann dir leider nicht helfen, ich muß nach Paris gehen und spielen. Verstehst du nicht, daß das unmöglich ist?"

„Verstehst *du* denn nicht, daß es für mich unmöglich ist, hier zu bleiben? Verstehst du nicht, daß dir *die* Chance deines Lebens geboten worden ist, und daß du mir ein guter Kamerad sein mußt? Kameradschaft bedeutet nicht nur zu geben, Jess. Es bedeutet auch zu empfangen, wenn die Situation es erfordert und notwendig macht. Ich würde deinen Eltern oder dir oder mir selbst nie wieder ins Gesicht sehen können, wenn ich dir in dieser Sache hier im Wege stehen würde – in einer Sache, die für dich die ganze Zukunft bedeuten kann. *Unsere* ganze Zukunft, Jess! Die Zukunft für dich und für mich und die Kinder, die wir einmal haben werden. Du hast *kein* Recht, mich daran zu hindern, dir diese kleine Hilfe zukommen zu lassen. Und ‚Hilfe‘ – was ist das eigentlich für dummes Zeug! Ich soll mich ja nur ein Weilchen länger selbst versorgen – und wenn ich das gekonnt habe, als ich auf das Examen hinarbeitete, dann werde ich es wohl tausendmal leichter jetzt können, wo ich mit meiner Ausbildung fertig bin und nur einfach eine Stellung anzunehmen brauche. Und dann werde ich für *unser* Zuhause sparen und zusammentragen – nicht für dich, nicht für mich, sondern für *uns*, Jess. Verstehst du das – ja?"

Jess ließ die Ruder los. Es war wahrlich ein Glück, daß diese nicht in den Dollen eines norwegischen Schifferkahns lagen, sondern in den beweglichen Bügeln festgeschraubt waren. Er neigte sich zu Anne vor und faßte ihre beiden Hände.

Und dann kniete er vor ihr und legte den Kopf an ihre Brust.

„Meine Anne. Meine wunderbare kleine Anne. Mein Kamerad – meine Geliebte –"

„Wo bist du gewesen, Anne?"
„Auf der Post. Habe das Strickkleid abgeschickt."

„Abgeschickt? Hättest du es nicht mitnehmen können?"

„Das wäre zu spät gewesen. Deine Mutter wollte ja durchaus, daß ich an dem Preisausschreiben für die beste Strickerei teilnehmen sollte, und die Frist ist in der nächsten Woche abgelaufen. Jetzt habe ich es ihr durch Luftpost geschickt, da kann sie es von oben bis unten begucken und weiterschicken – dann bekommt sie es allerdings zu Weihnachten, anstatt zum Geburtstag."

Anne hatte einige Lagen von Mutter Kristinas allerfeinster handgesponnener Wolle mitgehabt, aus der sie ein warmes Winterkleid für Eva gestrickt hatte. Selbst Jess, der ja nicht eigentlich Fachmann im Stricken war, behauptete, das Kleid sei eine Sehenswürdigkeit, und Frau Eichlberger hatte die Hände zusammengeschlagen über *dies* Muster. „Nein, ach nein, ihr Norweger könnt aber stricken, Frau Daell", hatte Frau Eichlberger gesagt und ganz hingerissen das breite Randmuster an dem Glockenrock angestarrt und den hochstehenden Kragen mit der feinen, schmal gemusterten Kante und die weiten Ärmel mit den kunstvollen Manschetten . . .

„Ist es nicht komisch", meinte Anne. „Ich kann keine zwei Striche zeichnen; müßte ich ein Haus zeichnen, dann würde es aussehen, wie von einer Fünfjährigen gezeichnet – aber wenn ich nur ein kariertes Stück Papier vor mir liegen habe, dann kann ich immer ein Strickmuster entwerfen!"

„Dir geht es wie einem Schachgenie", lachte Jess. „Es gibt Menschen, die wissen und können nichts weiter auf der ganzen Welt als Schach spielen; aber das können sie bis zur Vollendung."

„Und ich weiß und kann auf der ganzen Welt nichts weiter als das, was mit Strickmustern zu tun hat, meinst du?"

sagte Anne. „Auf alle Fälle *weiß* ich eins, daß ich nämlich den unverschämtesten Schlingel in der ganzen Welt geheiratet habe, und ich *kann* ihn an seiner Haartolle ziehen – so – und gehörig ziepen – so . . .“

„Au!“ schrie Jess. „Ich meinte es doch nicht so, Anne – bitte verzeih mir – ich will es ja nicht wiedertun.“

Anne lockerte den Griff, und Jess mußte sie dafür bestrafen, und dann lachten sie sich gegenseitig zu, jung und glücklich – und was Jess „Lebensüberschuß“ nannte, das blitzte in Annes Augenwinkeln wie tausend kleine Schelme.

Sie hörten noch vier weitere Konzerte. Dann waren die Festspiele zu Ende, und Jess' und Annes Abschiedsabend kam heran.

Anne sollte zunächst einmal nach Kopenhagen fahren. Eva hatte auf den Brief, in dem die Jungen von Maestro Martiani und den veränderten Plänen berichtet hatten, telegrafisch geantwortet:

„Gratulieren lieber Jess stop Freuen uns deinetwegen stop Erwarten Anne hier stop Wollen weitere Pläne zusammen besprechen stop Wir haben die beste Schwiegertochter der Welt stop Sind stolz auf dich stop Gruß Eva.“

„Das ist mal wieder so echt Muttchen“, lachte Jess.

An ihrem letzten Abend blieben sie zu Hause. Jess hatte gefragt, ob Anne nicht Lust habe, auszugehen, vielleicht irgendwo in Salzburg zu essen – oder in der exklusiven kleinen Bar im Schloß am Mondsee? Aber Anne sagte nein.

„Dieser Abend gehört dir und mir, Jess“, erklärte sie. „Und dann will ich keine fremden Menschen sehen.“

So saßen sie denn auf dem Sofa in ihrem Zimmerchen eng beieinander, eine große Schale mit Pfirsichen und eine

Flasche roten Tiroler Landwein vor sich. Nie waren sie einander so nahe gewesen, nie hatten sie einander so verstanden, nie war die Liebe so lebendig und so bewußt in ihnen gewesen . . .

Am nächsten Tag begleitete Jess seine Frau an den Zug. Es wurde nicht viel gesprochen. Alles, was zu sagen gewesen war, das war am Abend vorher gesagt worden.

Anne stand im Abteilfenster und lächelte. Sie hatte eine vierundzwanzigstündige, anstrengende Reise vor sich. Vierundzwanzig Stunden allein im Zug – und keinen Jess, mit dem sie reden konnte, den sie fragen, von dem sie Hilfe erhalten konnte. Die kleine Anne von der Möwenbucht, Anne, die bis vor zwei Monaten noch nie aus Norwegen heraus gewesen war, sie sollte jetzt allein quer über die halbe Europakarte fahren.

Aber was machte das? Morgen früh würde sie in den Kopenhagener Hauptbahnhof einrollen, dort nahmen Eva und Onkel Herluf sie in Empfang, und bei ihnen fühlte Anne sich geborgen.

Morgen – etwa um die Zeit, wenn Anne bei Onkel Herluf und Eva frühstückte, würde Jess in den Pariser Schnellzug steigen – und mit demselben Zug in der Seinestadt eintreffen wie Maestro Martiani.

Jetzt kam eine Stimme aus dem Lautsprecher:

„Schnellzug nach München fährt jetzt ab – bitte Platz nehmen – Türen schließen . . .“

Eine dünne kleine Papierrolle wurde Anne in die Hand geschoben.

„Die ist für dich, Anne – wenn du magst, dann kannst du sie meinem Verleger in Kopenhagen bringen – aber sie gehört dir – du weißt – ich kann nicht alles mit Worten ausdrücken, so wie ich gern möchte – ich muß es in Tönen sagen ..."

Die Türen wurden zugeschlagen. Der Zug fuhr mit einem Ruck an.

Anne lehnte sich so weit aus dem Abteilfenster, wie sie konnte.

„Jess – Lieber ..."

Die Räder verschluckten Jess' Antwort. Aber Anne las die Worte von seinen Lippen ab:

„Anne – meine Geliebte ..."

Dann fuhr der Zug rascher, und bald sah Anne nichts weiter von Jess als ein wehendes Taschentuch.

Sie setzte sich in die Abteilecke und rollte die kleine Papierrolle auseinander.

Es war ein Notenblatt.

„Der Mondsee"

Berceuse von Jess Daell

AN MEINE FRAU

Anne saß und hielt das Notenblatt in der Hand. Sie lächelte durch Tränen.

Sie fühlte sich so reich – so überwältigend, unfaßbar reich ...

Sie lehnte sich zurück, ihre Augen waren auf die Landschaft dort draußen gerichtet – das grüne, fruchtbare sommerliche Land.

Und die ratternden Räder trugen sie in stetigem, gleichmäßigem Rhythmus unaufhaltsam dem Norden entgegen.

Anne sucht wieder eine Stellung

„Du gehst jetzt ins Bett", sagte Eva streng.

„Ich denke nicht dran, Eva – *so* müde bin ich nicht..."

„Du hast die ganze Nacht im Sitzen zugebracht, mein Kind. Jetzt sollst du schlafen."

„Hattest du keinen Schlafwagen?" fragte Onkel Herluf.

„Nein, ich – ich kann sowieso nicht schlafen im Zug, da war es..."

„Herrjemine, wie schlecht du schwindeln kannst, Anne! Du hast noch nie in deinem Leben ausprobiert, ob du im Schlafwagen schlafen kannst, mein Kind, du hast gar keine Ahnung, ob du es kannst. Du wolltest das Geld sparen, du kleine Flunkerliese. Jetzt bekommst du Rundstücke und frische Hörnchen und Kaffee. Dann darfst du eine halbe Stunde mit uns schwatzen, und dann geht's in die Heia, verstanden?"

„Ja", sagte Anne folgsam.

„Und wenn du nicht artig und gehorsam bist, dann gibt's Biersuppe mit Schwarzbrot zu Mittag!"

„Und wenn ich Biersuppe mit Schwarzbrot zu Mittag bekomme, dann nenne ich dich von jetzt ab Schwiegermutter!"

„Du abscheuliche Göre! Es ist übrigens zu schön, dich wiederzusehen, Annelein. Und eins will ich dir sagen, du brauchst die ersten paar Wochen gar nicht dran zu denken, nach Norwegen zu fahren. Wir wollen dich ein bißchen für uns haben, wir haben so viel zu reden und zu planen, und ich habe vielleicht – ich sage *vielleicht* – eine Idee, die brauchbar ist. Geh 'raus und wasch dir deine schwarzen

46

Finger, dann komme ich mit dem Kaffee. Du hast übrigens auch einen Rußfleck auf der Nase, und an deinem Strumpf ist eine Masche 'runtergelaufen. Fürchterlich siehst du aus."

Anne lachte und ging in „ihr" Zimmer. In diesem Zimmer hatte sie im vorigen Sommer geschlafen, als sie Jess und seine Eltern besuchte. Dies Zimmer hatten sie und Jess bewohnt, als sie vor drei Monaten jungverheiratet nach Kopenhagen kamen. Dies Zimmer hatte Jess gehört, solange er bei seinen Eltern wohnte.

Anne stand vor dem einen zugedeckten Bett und betrachtete es wehmütig. Das andere war für sie gerichtet worden und sah sie mit seinen blendend weißen Leinenlaken und Evas allerfeinster seidener Daunendecke verführerisch an. Auf dem Nachttisch standen ein Strauß Blumen und eine Schale mit Obst. – Diese Eva, ach, diese Eva!

Anne machte sich frisch, wusch sich und zog das verstaubte Reisekostüm aus und die Strümpfe mit der Laufmasche. Sie sah reizend und appetitlich aus, als sie wieder zum Vorschein kam, frischgewaschen und mit blank gebürstetem Haar, in einem leichten karierten Sommerkleid, das sie in einem Ausverkauf in Salzburg für zwanzig norwegische Kronen erstanden hatte.

„Die Jugend hat es doch gut", seufzte Eva. „Man stelle sich das vor, vierundzwanzig Stunden Zugreise, und dann sieht man so taufrisch aus! Ja, jetzt rollt unser Junge schon, Anne! Möchte wissen, wie weit er schon gekommen ist?"

„Oh, weit ist er noch nicht – sein Zug geht erst so um halb elf – ich nehme an, er sitzt jetzt im Bus nach Salzburg – er – er hat aber jedenfalls schon unser Zimmer verlassen – und die Bank vorm Hause – und bald fährt er durch die Straßen von Salzburg – ich kann es gar nicht fassen, daß

ich selber erst gestern morgen diesen Weg gefahren bin!
Die Morgensonne lag auf dem Mirabellgarten . . ."

Anne hatte einen seltsamen Schimmer in den Augen, ihre
Stimme klang gleichsam von weither.

„Annelein", sagte Eva und legte ihre Hand auf Annes.
„Trink deinen Kaffee, Kind. Es ist richtiger schwarzer
Kaffee mit ,Schlagobers' – bei uns gibt es weder österreichi-
schen Milchmischmasch noch dänische Zichorie!"

Anne mußte lachen, und damit war sie über den schwachen Punkt hinweg. Es war so schön, den Morgenkaffee in
Evas gemütlichem Zimmer zu trinken und fröhlich und un-
gezwungen und herzlich mit diesen beiden Menschen zu
plaudern, denen sie so innig nahestand. Sie liebte diese
Atmosphäre – den Geist, der den Charakter ihres Jess' ge-
formt hatte, ihn zu dem gemacht hatte, den sie liebte.

Dann wurde Anne in ihr Zimmer geschickt, damit sie
schlafe, und obwohl sie behauptete, daß sie nicht die Spur
müde sei, schlief sie fest und gut, als Eva eine halbe Stunde
später vorsichtig durch den Türspalt lugte.

„So", sagte Onkel Herluf abends. „Jetzt siehst du wieder einigermaßen normal aus, liebe Schwiegertochter. Jetzt
glaube ich, daß man ein Wörtchen mit dir reden kann."

„Du kannst es ja mal versuchen", lächelte Anne.

„Erst einmal möchten wir einen eingehenden Bericht darüber haben, wie ihr mit dem Maestro Martiani in Verbindung gekommen seid. Du schriebst irgend etwas sehr Ver-
worrenes und Unvollständiges über einen Vormittag im
Mozartmuseum, wir hatten den Eindruck, du habest einen
schamlosen Flirt mit dem Maestro angefangen – war es so?"

„Ja, so ungefähr", lachte Anne. Und dann erzählte sie der

Reihe nach, wie sich alles zugetragen hatte, bis zu dem dramatischen Höhepunkt: „Sono Maestro Martiani."

„Und du hast verstanden, was ‚sono' heißen sollte?"

„Ja, denk mal, das sagte mir meine Logik. Es klang mächtig italienisch, und den *Namen* verstand ich jedenfalls!"

„Ja, wenn der Jess nicht ein Glückspilz ist...", sagte Onkel Herluf.

„Ja und nein", meinte Eva. „Ob er es als ein besonderes Glück ansieht, für Monate von Anne getrennt zu sein?"

„Nein – aber, Eva, es war der einzige Ausweg! Es wäre der reinste Wahnsinn gewesen, wenn er zu solch einem Angebot nein gesagt hätte. Und es wäre ebenso wahnsinnig gewesen, wenn ich mit nach Paris gegangen wäre. Bis jetzt hatte Jess noch nicht einen Öre von seinem Stipendium gebraucht. Wir haben im Salzkammergut Ferien verlebt, und die haben wir von unsern Reisedevisen bezahlt, die aus Jess' Kompositionshonoraren und den Konzerteinnahmen stammten. Das Stipendium wurde ja noch extra überwiesen, nachdem die Nationalbank es genehmigt hatte, das wißt ihr doch noch. Und nun hatte Jess das ganze Stipendium übrig; wir hatten übrigens schreckliche Laufereien, bis wir die Genehmigung bekamen, es von Österreich wieder nach Frankreich auszuführen, aber schließlich ging es – und nun wollen wir nur hoffen, daß er in Paris ein bißchen nebenbei verdienen kann. Aber eins steht natürlich eisern fest: Diese Geschichte wird viel, viel teurer, als wenn er bei Professor Gräbner Stunden genommen hätte – und was er womöglich verdienen kann, das braucht er selber."

„Also stehst du vor der Notwendigkeit, dich vorläufig selbst zu versorgen, Annelein?"

„Nun ja, Onkel Herluf. Aber ich muß außerdem auch

Geld sparen für unsere Wohnung und für den Umzug und für Möbel. Ich glaube nämlich bestimmt, daß jeder Öre, den Jess sich gespart hat, in Paris draufgeht."

„Du siehst aber nicht so aus, als ob dieser Gedanke dir Angst machte?"

„Aber lieber Onkel Herluf, weshalb sollte ich Angst haben? Ich weiß ja, daß es eine Kleinigkeit ist, in Norwegen eine Stellung zu bekommen, und ich habe doch früher auch schon ..."

„Ja, mein Kind, jetzt kommst du zu dem Punkt, über den ich mit dir reden wollte. Wie wäre es denn, wenn du hierbliebst? Das Zimmer steht sowieso frei, vermieten wollen wir es nicht, es kostet uns also nicht einen Öre, wenn du hier bei uns wohnst."

„Aber der Kaffee und die Rundstücke und das Apfelschmorfleisch und all das andere, das ihr in mich hineinstopft?"

„Erstens sollte ich meinen, daß ich Manns genug bin, um zu bezahlen, was du verzehrst, mein Kind – und zweitens meinte ich auch nicht, daß du auf der faulen Haut liegen solltest. Ich meine, du müßtest doch auch hier in Dänemark eine Stellung finden? Was willst du denn in Norwegen, Annekind? In der Möwenbucht wird schwerlich Verwendung für eine junge Dame mit erstklassiger Handelsausbildung und Sprachkenntnissen sein. Du müßtest in irgendeine Stadt gehen, wo du nicht eine Seele kennst, müßtest ein trübseliges Untermieterdasein führen – und davon hast du genug gehabt. Es wird Zeit, daß du wieder ein Zuhause hast, Annelein. Können wir nicht dem Plan energisch nähertreten, daß du in Dänemark bleibst? Du bist jetzt Dänin, das darfst du nicht vergessen. Du bist dänische

Staatsangehörige; hier ist deine neue Heimat, also kannst du dich ebensogut gleich daran gewöhnen ..."

Anne schwieg eine Weile. Schließlich sagte sie, langsam und nachdenklich:

„Onkel Herluf, du weißt doch, es gibt in der ganzen Welt nicht einen Ort, wo ich lieber sein möchte als hier. Aber im Augenblick weiß ich wirklich nicht, was ich in Dänemark tun sollte – bedenke doch, ich kann kein ordentliches Dänisch schreiben, und bedenke, daß man hier an Sekretärinnen und ähnliche Berufe große Anforderungen stellt. Und ich muß auch *gut* verdienen. Ich kann es nicht bei nur ein paar hundert Kronen im Monat bewenden lassen."

„Nein, das ist mir völlig klar! Aber, Annelein, wir brauchen doch weder heute noch morgen eine Entscheidung zu treffen. Wir beschlafen es, und dann wird sich schon ein Ausweg finden. Die Hauptsache ist, daß du erst einmal bei uns bleibst!"

In den folgenden Tagen führte Anne an Evas Statt den Haushalt. „Du hast in diesem Jahr noch keine Ferien gemacht", sagte sie zur Schwiegermutter. Sie wurde von Onkel Herluf unterstützt, und zum erstenmal seit vielen Jahren konnte Eva sich ganz dem Müßiggang hingeben und zusehen, wie jemand ihre Arbeit erledigte.

Aber Anne tat noch etwas anderes. Sie studierte in den Zeitungen eifrig die Spalte „Stellenangebote".

Und eines Vormittags, als Eva glaubte, Anne sei einkaufen gegangen, war die Schwiegertochter auf eigene Faust losgezogen, die Handtasche voll von allem, was sie an Bescheinigungen, Zeugnissen und Examenspapieren besaß. Sicherheitshalber hatte sie auch die Heiratsurkunde mitgenommen. Es war schon am besten, man konnte beweisen, daß man dänische Staatsangehörige war und damit das Recht hatte, in Dänemark eine Stellung anzunehmen.

Als sie nach Hause kam, spielte ein geheimnisvolles Lächeln um ihren Mund.

Beim Mittagessen rückte sie mit ihrem Geheimnis heraus.

Ab nächsten Montag sollte sie in einem Bahnhofskiosk auf einem der kleinen S-Bahnhöfe ein junges Mädchen vertreten. Die Vertretung sollte einen Monat dauern, würde gut bezahlt, und die Arbeit erforderte nicht gerade übermenschliche Kenntnisse. Sie hatte Ansichtskarten und Bleistifte, Süßigkeiten und Zigaretten, Zeitungen und Zeitschriften und all die andern tausend Kleinigkeiten zu verkaufen, die man an einem Zeitungsstand in Kopenhagen bekam. Daß sie Deutsch und Englisch und zur Not auch etwas Französisch konnte, war schwer in die Waagschale gefallen. Die Arbeitszeit eine Woche lang von sieben bis vierzehn Uhr, die nächste von vierzehn bis einundzwanzig Uhr. Jeden zweiten Sonntag frei.

„Jaja", sagte Onkel Herluf. „Es ist ja nicht gerade das, was ich mir für dich gewünscht habe, Anne, aber eine Arbeit ist wohl so gut wie die andere."

„Es ist auch nicht gerade das, was ich mir so dachte, Onkel Herluf", sagte Anne. „Ich denke nämlich an etwas ganz, ganz anderes. Aber dafür muß ich ein bißchen Zeit haben . . ."

Eva blickte sie aufmerksam an.

„Möchte doch wirklich wissen, ob wir dasselbe im Auge haben", sagte sie. Anne gab keine Antwort darauf, sie stand mit einem Lächeln auf, stellte die Teller zusammen und ging in die Küche, um den Nachtisch zu holen.

Tatkräftige Anne

„Zweifünfundsiebzig, danke – doch, Briefmarken habe ich auch – nein, ein Auslandsbrief kostet sechzig Öre – ja gewiß, für zwei Briefe bitte – das macht einszwanzig – zusammen dreifünfundneunzig – bitte, einsfünf zurück . . ."

Anne hatte zu Anfang manchen Schweißtropfen vergossen der dänischen Zahlen wegen. Aber jetzt hatten sie sich ihrem Gedächtnis eingeprägt, und sie machte nur noch selten einen Fehler.

An den beiden ersten Tagen hatte sie mit der andern Kioskdame zusammengesessen und die Waren kennengelernt und Preise gepaukt. Der erste Tag, an dem sie das Reich für sich hatte, war sehr anstrengend gewesen, und ihr brummte der Schädel, als sie nach Hause kam. Aber schon am nächsten Tage ging es etwas besser, und nach einer Woche fand Anne, die Arbeit gehe ihr leicht und schnell von der Hand.

Kurz vor Abgang und kurz nach Ankunft der Züge ging es vor ihrem Stand immer lebhaft zu. Aber dazwischen hatte sie lange Pausen, und dann hatte sie ihr unentbehrliches Strickzeug zwischen den Fingern. Sie strickte eifriger als je zuvor, und das hatte seinen bestimmten Grund – einen Grund, über den sie zu Hause noch nichts hatte verlauten lassen.

Sie war einen Tag, bevor sie im Kiosk anfing, in der Stadt gewesen und hatte in einem der großen Warenhäuser Regenmäntel anprobiert. Als sie ihren Mantel abgelegt hatte und nun in Rock und selbstgestrickter Jacke dastand, sah die Verkäuferin sie mit unverhohlener Bewunderung an. Dann sagte sie:

„Entschuldigen Sie, daß ich so kühn bin, gnädige Frau – aber darf ich fragen, wo Sie diese Jacke gekauft haben?"

„Die hab' ich selber gestrickt", sagte Anne lächelnd.

„Es ist ein norwegisches Muster, nicht wahr?"

„Ja, sozusagen – das heißt, ich habe es selber entworfen ..."

Die junge Verkäuferin wurde immer lebhafter.

„Ich gehöre nämlich eigentlich in die Handarbeitsabteilung", erklärte sie. „Nur jetzt in der Urlaubszeit bin ich hier vertretungsweise in der Konfektionsabteilung. Wir müssen uns ein bißchen gegenseitig aushelfen, weil so viele weg sind, nicht wahr? Ich verstehe etwas vom Stricken, und diese Jacke ist so außergewöhnlich hübsch – die Wolle ist doch nicht etwa auch selbstgesponnen?"

Anne lächelte. Dies junge Mädchen verstand wirklich etwas von ihrem Kram.

„Ja", sagte Anne. „Selbstgesponnen und ungefärbt. Die weiße Wolle stammt von weißen Schafen, die schwarze von schwarzen."

„Darf ich wohl mal die Leiterin der Handarbeitsabteilung holen? Sie muß diese Jacke sehen ..."

„Aber gern!"

Anne lächelte vor sich hin. Wie war es möglich, daß ihre Strickarbeiten auch hier so viel Aufsehen erregten? Übrigens, wenn sie darüber nachdachte: sie hatte ja immer gewußt, daß die dänischen Norwegenbesucher haufenweise Strickereien kauften.

Eine schlanke Dame mittleren Alters kam von der Handarbeitsabteilung herüber.

„Darf ich Sie etwas fragen – ich höre, Sie haben das Muster selber entworfen –, hätten Sie nicht Lust, für uns einmal ein paar Muster zu machen? Solche, die wir auch für Strickvorschriften ausarbeiten könnten, nach denen wir Modelle stricken lassen könnten, wissen Sie ..."

Anne überlegte.

„Ich weiß nicht recht", sagte sie schließlich. „Schauen Sie, meine Muster kann man mit nichts anderem stricken als der richtigen groben Bauernwolle. Wenn man sie aus gebleichter Fabrikwolle herstellt, dann geht der ganze Reiz verloren."

Die Leiterin sah sich die Jacke näher an.

„Ja – da haben Sie unbedingt recht –, darf ich Ihnen übrigens mein Kompliment machen zu Ihrer Strickkunst? Sehen Sie sich das an, Fräulein Berntsen – sehen Sie, ich habe es immer gesagt, bei einer erstklassigen Jacke müssen die Schultern Masche für Masche zusammengefaßt werden, sie dürfen keine Nähte haben, und ebenso muß der Kragen an den Halsausschnitt angestrickt werden! Das tun aber so wenige!"

„Du liebe Zeit, Sie sehen aber auch alles", rief Anne aus.

„Wir müßten ungebleichte Bauernwolle und Ihre Muster haben", sagte die Leiterin. „Himmel, was wir dann an Jacken verkaufen könnten!"

Diese Worte waren es, die Anne anfeuerten zu stricken, bis die Nadeln glühend wurden, und jede freie Minute im Kiosk zu nutzen. Sie wollte ganz einfach einen Vorrat an Jacken, Pullovern und Fäustlingen zusammenstricken und dann versuchen, sie zu verkaufen, wenn zum Frühjahr der große Strom der Vergnügungsreisenden Dänemark überschwemmte.

„Einen Kugelschreiber, ja, den haben wir – diese kosten zweisechzig – hier ist ein einfacherer zu einsachtzig – Himbeerdrops kosten die Tüte fünfundsiebzig, mein Junge ..."

Anne zählte Geld und strickte, verkaufte Zeitschriften und Ansichtskarten und strickte, gab Auskunft und strickte – strickte – strickte ...

„Brief für dich, Anne!"

„Von Jess?"

„Jess? I bewahre, der hat dich längst vergessen, es gibt so reizende Mädchen in Paris, mein Herzchen! Es ist doch schon mindestens vierundzwanzig Stunden her, seit du zuletzt von ihm gehört hast – o nein, dies ist ein Geschäftsbrief."

Anne sah sich den Briefumschlag an. Unten in der linken Ecke trug er den Firmenaufdruck „Wochenblatt der Dame".

Mit einemmal schlug ihr das Herz hoch hinauf, so daß sie es beinahe hören konnte.

Wenn das nun ...!

Und das war es tatsächlich:

Frau Anne Daell, Lyngby bei Kopenhagen, las Anne.

Sehr geehrte Frau Daell.

Wir haben das Vergnügen, Ihnen mitzuteilen, daß Sie den 1. Preis von zweitausend Kronen in unserem Strickpreisausschreiben gewonnen haben.

Das Urteil der Jury war einstimmig. Ihre außergewöhnlich schöne Arbeit wird am 1. Oktober zusammen mit den übrigen preisgekrönten Arbeiten im Fenster unserer Geschäftsstelle ausgestellt.

Wir wären Ihnen zu Dank verpflichtet, wenn wir in Ihrer Wohnung ein Interview mit Ihnen machen könnten und möchten Sie bitten, unserer Schriftleitung telefonisch einen Zeitpunkt anzugeben, wann es Ihnen paßt, daß eine unserer Mitarbeiterinnen Sie aufsucht.

Ein Scheck über zweitausend Kronen liegt bei.

Mit Hochachtung

„Eva – Eva – mir bleibt die Sprache weg!"

Evas Augen überflogen den Brief.

„Ach Annelein – wie freue ich mich, wie bin ich froh!"

„Aber ich erst, Eva! Ich erst!"

„Wir müssen Hausputz halten. Hier muß es blitzen, wenn diese Journalistin kommt!"

Anne lachte.

„Ja, und neue Gardinen aufhängen und die Betten frisch beziehen und die Kartoffelkiste innen ausscheuern! Du bist mir schon die Rechte, Eva!"

„Junge Dame, bitte deiner grauhaarigen Schwiegermutter allen nötigen Respekt zu zollen!"

„Wo sind deine grauen Haare? Nein, Eva, es gibt nur eins, was wir tun müssen, und das müssen wir gründlich tun. Wir müssen alles, was es in diesem Haus an Strickarbeiten von meiner Hand gibt, zusammensuchen, wir müssen sie waschen und dämpfen, so daß sie was hermachen, und dann eine private Ausstellung veranstalten."

„Sieh mal einer an – ist das die bescheidene kleine Anne?"

„Geh mir ab mit der Bescheidenheit. Begreifst du nicht, daß dies die beste Gelegenheit für mich ist, eine blendende Reklame und noch dazu kostenlos zu bekommen? Die Dame muß mich von vorn und von hinten fotografieren und in der Küche und im Bett und ..."

„... in der Badewanne", schlug Eva vor.

„Nein, vor allen Dingen mit dem Strickzeug. Und wir müssen beide zugleich reden, du und ich, sie muß alles über mich erfahren, von der Schuhnummer angefangen bis zu meinem Abiturzeugnis!"

„Ich kenne dich gar nicht wieder, Anne", sagte Eva. „Wo drückt denn der Schuh?"

„Nirgendwo", lachte Anne. „Aber verstehst du, ich möchte mit meinem Stricken Geld verdienen. Ich will verkaufen – ich will alles verkaufen, was ich stricken kann, und alles stricken, was ich verkaufen kann! Das ist immerhin eine Sache, die ich wirklich *kann* – und wer weiß, was mir dieses Können noch eines Tages einbringt!"

Die Vertreterin des „Wochenblatts der Dame" wollte am Sonntagvormittag kommen.

„Das bedeutet, daß wir beim ersten Hahnenschrei aufstehen müssen", sagte Eva. „Das Haus muß einwandfrei in Ordnung sein, und wir haben Samstag Besuch."

„Wen denn?"

„Tante Modesta und Tante Adethe. Ach, richtig, du kennst sie ja noch gar nicht – es sind nämlich meine Tanten, die eine ist achtundsechzig, die andere siebzig – zwei furchtbar nette alte Damen übrigens. Sie waren lange nicht hier, und nun möchte ich es ihnen richtig gemütlich machen."

Samstag nachmittag war Anne frei und konnte Eva bei den Vorbereitungen zur Hand gehen. Es machte immer riesig viel Spaß zuzusehen, wie Eva eine Gesellschaft vorbereitete, und wenn diese noch so klein war. Sie hatte so flinke, geschickte Hände und einen guten Geschmack. Der Tisch sah reizend aus mit Herbstblumen und Kerzen, und das Essen war so wohlschmeckend wie immer bei Eva.

Und die Tanten waren sanftmütig und rührend, lebhaft und interessiert. Sie wirkten viel jünger, als sie waren.

Tante Modesta war Witwe, Tante Adethe ehemalige Lehrerin. Beide hatten eine Pension, es ging ihnen gut, und sie lebten sorglos in einem der besten Damenstifte der Stadt.

„Wir schlagen uns nur mit einem Problem herum", sagte Tante Modesta. „Wie wir die Tage in vernünftiger Weise ausfüllen können! Wir lesen und stricken, wir stricken und lesen – wenn man vierzig Jahre lang Hausfrau gewesen ist, dann kommt es einem höchst komisch vor, wenn man plötzlich keine häuslichen Pflichten mehr hat ..."

„Du mußt dich um einen Posten als Unterstrickerin bei Anne bewerben", lachte Onkel Herluf. „Wenn ihr euch zusammentätet, dann könntet ihr sicher ganz Dänemark mit Strickkleidung versehen!"

Tante Modesta lachte.

„Das wäre gar nicht einmal so dumm. Es hat nämlich tatsächlich seinen Haken, so sonderbar es klingt. Wir stricken beide gern, Adethe wie auch ich, aber wir können uns doch nicht von innen bis außen in gestrickte Sachen stecken – ja, und dann strickt man eben für Bazare und dergleichen, aber – offen gestanden, das kostet doch immerhin Wolle, und die ist nicht billig."

Anne hörte zu. Ihre Augen glänzten, und der Plan, den sie seit ein paar Tagen mit sich herumgetragen hatte, begann festere Formen anzunehmen.

Nachdem sie gegessen und den Tisch abgeräumt hatten, setzte sich Anne neben Tante Modesta, deren Finger und Stricknadeln nur so flogen, so daß die hellblaue Babyjacke sichtlich wuchs, während Anne zuschaute.

Tante Modesta hatte allerdings keine Ahnung davon,

daß ihre neue junge Nichte ihre Strickerei mit sehr kritischen Augen betrachtete. Ob sie regelmäßig war und fest genug, ob die Tante gleichmäßig abgenommen hatte und die Ränder gerade waren.

Annes heimliche Untersuchungen fielen unverkennbar zu Tante Modestas Gunsten aus.

Und schließlich rückte Anne mit der Sprache heraus, und was sie zu sagen hatte, war genau durchdacht und klar zurechtgelegt.

„Tante Modesta – in Norwegen gibt es etwas, das heißt Heimindustriebüro; es ist so eine Art Sammelstelle für Hausstrickereien. Eine Menge Frauen, die etwas freie Zeit haben, erhalten dadurch Arbeit – vielleicht haben sie sogar sehr viel freie Zeit –, sie bekommen die Wolle von dem Büro gestellt, stricken, wann sie können, und liefern die fertigen Arbeiten gegen eine angemessene Bezahlung ab. Wenn es so etwas hier gäbe, würdet ihr dann stricken, du und Tante Adethe?"

„Weißt du, es ist gewiß möglich, daß es so etwas gibt", sagte Tante Modesta nachdenklich. „Ich bin tatsächlich nie auf den Gedanken gekommen, da mal nachzuforschen. Aber weshalb fragst du, Anne?"

„Weil mir etwas ganz Bestimmtes vorschwebt. Ich möchte einen Vorrat von Sachen zusammenstricken aus norwegischer Wolle und mit norwegischen Mustern und den dann in der Reisezeit an den Mann bringen. Und da fiel mir ein, daß ich vielleicht . . ."

Die Tanten waren sofort Feuer und Flamme. Anne mußte alles, was sie an selbstgestrickten Sachen im Hause hatte, herbeiholen, und beide Tanten sahen sich die Muster genau an, während der Kaffee in den Tassen kalt

60

wurde und Evas schöne Kuchen ganz unbeachtet liegen blieben.

„Das ist doch eigentlich gar nicht so schwer, wenn man nur gute Musterzeichnungen hat", meinte Tante Modesta.

„Und alle Rücken und Ärmel, alles was nur glattgestrickt werden muß, das kann ich machen, das ist gerade das Richtige für mich", meinte Tante Adethe.

„Adethe", sagte Tante Modesta. „Da fällt mir eben Frau Karstensen ein. Sie sitzt den ganzen Tag im Rollstuhl", fuhr sie, zu den andern gewandt, fort. „Und sie steckt so voller Minderwertigkeitskomplexe, und es peinigt sie furchtbar, daß ihr Sohn alles für sie bezahlt – für sie wäre es ein rechter Segen, wenn sie ein bißchen verdienen könnte . . ."

„Fräulein Holmgren im dritten Stock ebenfalls", meinte Tante Adethe. „Sie will nämlich immer allen Leuten beibringen, wie man am Daumen abnimmt."

Anne hörte zu, die Ohren gespitzt und die Augen wie auf Stielen. Der erste zaghafte kleine Plan nahm mit einemmal feste Formen an.

Eine kleine Ecke in einem Geschäft – ein kleiner Ladentisch mit einem Schild oben drüber: *Norwegische Strickarbeiten.* Jacken und Pullover, Fausthandschuhe und Mützen in den alten Mustern von der Mutter und der Großmutter her, und in neuen Mustern, von Anne selber entworfen. So viele Modelle ausstellen wie nur möglich – und dann Bestellungen nach Maß annehmen, die Kunden aussuchen lassen, welches Muster sie haben wollen. Ein paar auswärtige Strickerinnen, die imstande waren, nach Annes Zeichnungen Modelle zu machen und Sachen auf Vorrat zu stricken, die dann für die Reisezeit hingelegt wurden. Denn Touristen, die vielleicht nur einen Tag in Kopenhagen waren, die mußten gleich über den Ladentisch etwas kaufen können, da hatte es keinen Sinn mit Bestellungen auf lange Sicht.

Wenn daraus etwas werden könnte! Wenn sie es nur wagte – wenn sie sich bloß getraute!

Sie besaß zweitausend Kronen Betriebskapital. Das war nicht viel. Aber sie konnte klein anfangen – und dann handelte es sich nur darum, ein Geschäft zu finden, das Interesse hatte. Dann mußte sie eine Ecke mieten mit einem kleinen Ladentisch – wenn nur das Geschäft keine allzu hohe Beteiligung verlangte. –

Bis in die tiefe Nacht hinein wurde von nichts anderem geredet als vom Stricken.

„Höre mal", sagte Tante Modesta zuletzt. „Verwirkliche deinen Plan. Laß dir Wolle aus Norwegen kommen. Adethe und ich helfen dir, auf Vorrat zu stricken. Bis auf weiteres hast du bei uns Kredit. Läßt sich das Geschäft gut an, so kannst du uns den Lohn auszahlen, sollte die Sache nicht einschlagen, dann streichen wir ihn. Wir nehmen mit dir zusammen das Risiko auf uns."

„Das tun wir, ganz recht", nickte Tante Adethe und erstickte ein Gähnen. Es war jetzt halb ein Uhr geworden, und wenn es ein Tag wie alle andern gewesen wäre, dann hätten die Tanten seit drei Stunden in ihren Betten gelegen.

Aber nun holte der liebe Herluf telefonisch eine Taxe herbei, und die Tanten wurden nach Hause befördert und schliefen ein mit dem Gedanken, daß sie morgen Frau Karstensen und Fräulein Holmgren unendlich viel zu erzählen hätten.

Überraschung für Jess

Lyngby, 5. September

Mein einziger Jess!

Dies wird noch ein extra Geburtstagsbrief an Dich. Den eigentlichen schrieb ich Dir schon gestern, und ich weiß ganz sicher, daß Du den pünktlich in Händen hast, aber ich glaube, diesen bekommst Du auch noch rechtzeitig, denn ich gebe ihn als Luftpostbrief auf. Er soll nämlich so eine Art Geburtstagsgeschenk für Dich sein, mußt Du wissen.

Ich habe so viel zu berichten, daß ich gar nicht weiß, wo ich anfangen soll.

Du weißt, ich hatte den ersten Preis in dem Strickpreis- ausschreiben gewonnen. Das sollte Johann Sebastian wis- sen, der immer neben mir auf Eichlbergers Bank gesessen und mit meinen Knäueln gespielt hat! Ich will auch an Frau Eichlberger schreiben und es ihr erzählen, übrigens, sie wird sich freuen, daß sie recht behalten hat. Sie sagte ja Tag für Tag immer dasselbe: „Aber selbstverständlich krie- gen Sie den ersten Preis, Frau Daell."

Ich habe heute meinen freien Sonntag, meine Kollegin, Fräulein Rasmussen, darf sich damit amüsieren, dem Sonn- tagspublikum Drops und Ansichtskarten zu verkaufen – und Schlag elf saß ich da, sauber gebadet und frisch ge- kämmt und von selbstgestrickten Kleidungsstücken um- geben – auch diese frisch gekämmt und sauber gebadet ge- wissermaßen, jedenfalls alles frisch aufgebügelt – zu allen Schandtaten bereit.

Und stell Dir vor – dann kam die Redakteurin selber um ein Interview mit mir zu machen. Nebst einem jungen Mädchen mit einer Hornbrille und einer Kamera.

Die Redakteurin war so reizend, wie ich selten jemanden getroffen habe. Du weißt ja (oder weißt Du es vielleicht nicht?), es kann ausnahmsweise einmal geschehen, daß man einem Menschen begegnet, den man auf den ersten Blick wahnsinnig gern hat. Und so eine Sympathie ist meistens gegenseitig. Die Redakteurin, Frau Askelund, und ich sahen uns an und lächelten uns gegenseitig zu – und mochten uns gleich. Und dann war überhaupt nichts von Interview, sondern es wurde eine lange und nette und höchst persönliche Unterhaltung draus.

Sie fragte natürlich tausend Sachen, und ich erzählte auch eine Unmenge. Ich erzählte unter anderm von meinem Stricken damals, als ich noch im Gymnasium war, und ich zeigte Deine und Evas und Onkel Herlufs Fausthandschuhe und Socken und Jacken – und natürlich auch meine eigene Jacke – und Frau Askelund meinte, hier in Kopenhagen sei der Markt für solche Sachen ganz sicher besonders günstig. Ich müsse bedenken, sagte sie, daß Kopenhagen nicht nur an sich eine Stadt mit großem Touristenverkehr ist, sondern auch ein Durchgangsort, ein Knotenpunkt – nicht nur im Sommer, sondern fast das ganze Jahr hindurch kommen und gehen hier unausgesetzt Ausländer. Außerdem sagte sie, der good-will, der dem Lande Norwegen hier während des Krieges entgegengebracht wurde, der sei noch immer lebendig. Was norwegisch ist, das wird mit Wohlwollen betrachtet.

Ich habe einige Tage einen Plan gewälzt, ich wollte versuchen, eines der großen Kaufhäuser für meine Arbeit zu gewinnen – ich erzählte Dir doch die Geschichte mit der Verkäuferin, die mir einen Regenmantel verkaufte –, aber dann geschah es, daß Frau Askelund etwas sagte, meinen Plan auf ein anderes Gleis schob, wodurch die Sache aber auch mehr Risiko enthält:

„Aber liebe Frau Daell, warum wollen Sie sich von einem großen Warenhaus abhängig machen? Warum nicht selber ein erlesenes kleines Strickereigeschäft anfangen? Beachten Sie bitte das Wort ‚erlesen‘ – Sie sollen nur ganz erstklassige Waren verkaufen, nicht etwa der Versuchung erliegen, kitschige Dinge zu fabrizieren, die den amerikanischen Reisenden in die Augen stechen! Halten Sie an Ihren echten alten norwegischen Schwarzweißmustern fest, und gehen Sie nicht von Ihren hohen Preisen herunter!"

Bei diesem Vorschlag wurde mir natürlich ganz schwummerig im Kopf. Aber in Kopenhagen einen Geschäftsraum finden? Noch dazu einen in guter Lage und mit einer Miete, die mich nicht an den Rand des Ruins bringt?

Und da – paß jetzt auf, Jess, jetzt kommt's – da sagte Frau Askelund folgendes:

„Wenn Ihnen ein sehr kleiner Raum genügt, dann glaube ich, daß ich Ihnen helfen kann! Sie wissen, wo unsere Redaktion und die Expedition sind? (Das wußte ich natürlich, das Gebäude liegt ja herrlich zentral!) Wir könnten bestimmt eine kleine Ecke von unserem Expeditionsraum abtrennen, so daß Sie ein Schaufenster bekämen, eigenen Eingang, einen kleinen Ladentisch und etwas Wandplatz für ein paar Borte. Natürlich muß ich erst die Erlaubnis unseres Direktors und seinen Segen dafür einholen, aber ich glaube nicht, daß er Schwierigkeiten machen wird."

Jess – war es leichtsinnig von mir, daß ich ja sagte?

Wer nichts wagt, der nichts gewinnt! Und, offen gestanden, ich wage nicht so arg viel. Die Miete wird wahnsinnig niedrig sein, weil ich gleichzeitig einen kleinen Auftrag von der Redaktion übernommen habe: die bekommen so oft Strickanweisungen von Lesern eingesandt, und diese Anweisungen müssen durchgesehen und kontrolliert werden, ehe sie in Satz gehen. Das soll ich machen – und, unter uns, das ist für mich ein Kinderspiel.

Dann kommt dies Interview, das ist die beste kostenlose Reklame für mich, die ich mir wünschen kann. Und Deine rührenden Tanten Modesta und Adethe sitzen mit gezücktem Schwerte – will sagen, mit gezückten Stricknadeln – bereit und warten auf Wolle, um ihr neues Amt als Substrickerinnen bei mir anzutreten.

Mir verschwimmt alles vor den Augen, Jess. Wenn ich mir vorstelle, daß ich ab 1. November als Eigentümerin eines Geschäfts dasitze – ich sage, was Frau Eichlberger immer zu uns gesagt hat: Kneif den Daumen!

Nein, das brauchst Du übrigens gar nicht, Du hast bestimmt Deine Daumen nötig, wenn Du spielst?

Ich habe eine Million Dinge zu erledigen und Milliarden von Maschen zu stricken. Jetzt muß ich einen geschäftsmäßig aussehenden Brief an eine der großen Wollspinnereien in Norwegen zusammenstoppeln und sie mit meiner ersten Bestellung beehren. Und dann muß ich an Mutter schreiben und sie dazu anstellen, daß sie im Dorf und in Möwenbucht die Spinnräder in Gang setzt. Ich hatte die Absicht, den Kunden, die so was haben wollen und wirklich gut zahlen können, Gelegenheit zu geben, daß sie Jacken aus handgesponnener Wolle bestellen können, in Mustern, die nur das eine Mal verwandt werden, und wo-

66

möglich mit echten silbernen Knöpfen. Solche Jacken werden dann natürlich ein kleines Vermögen kosten.

Und dies alles will ich auf die Beine stellen mit zweitausend Kronen Anfangskapital! So eine ist sie geworden, Deine vorsichtige und bedachtsame Frau!

Du mein liebster Junge – meine Glückwünsche hast Du bekommen, hoffentlich auch das Paket –, meine Gedanken sind übermorgen den ganzen Tag bei Dir (als ob sie das nicht an jedem andern Tag auch wären!).

Was meine Gefühle für Dich anbetrifft, so wird auf den Brief vom 4. d. M. verwiesen.

Du siehst, ich bin schon ganz mit dem Geschäftsstil ververtraut!

Ich sause in die Stadt!

Lieber, lieber, lieber Jess!

Deine Anne

Rastlos im Wirbel

„Ein Glück, daß ich in dieser Woche vormittags keinen Dienst habe", sagte Anne. Sie kam völlig außer Atem aus der Stadt und schlang etwas Mittagessen hinunter, ehe sie sich auf Evas Rad schwang und zu ihrem Kiosk von dannen strampelte. Radfahren hatte sie lernen müssen, wenn man das nicht könne, dann sei man in Dänemark aufgeschmissen, hatte Jess im vorigen Jahre mal gesagt, als Anne auf Sommerbesuch hier war. Und Anne hatte auf stillen kleinen Seitenstraßen in Lyngby geübt, bis sie sich ganz sicher fühlte, und sich mit Todesverachtung in den Verkehr gestürzt.

„Was hast du heute vormittag erledigt?" fragte Eva.

„Vor allen Dingen bin ich auf der Bank gewesen wegen Devisen. Was hätte ich bloß ohne Devisen machen sollen? Ich bekomme ja auf andere Weise beim besten Willen keine Wolle aus Norwegen. Es sei denn, ich machte einen Blitzbesuch in Oslo. Mit Reisevaluta hätte ich Wolle einkaufen können. Aber das kann ich mir nun sparen. Sie sind in der Bank furchtbar nett gewesen. Verstehst du, wie es kommt, daß ich überall so nette Leute treffe?"

„Ja, denk bloß, das verstehe ich", lächelte Eva. „Erstens sind wir Dänen nun mal ein gemütliches Völkchen, das mußt du doch zugeben?"

„Unbedingt!" sagte Anne, den Mund voller Essen. Sie wandte den Blick nicht von der Uhr, während sie aß.

„Und dann noch etwas anderes, Anne. Tritt der Welt mit einem Lächeln entgegen, und sie wird zurücklächeln. Du bist höflich und liebenswürdig, und das regt die Menschen dazu an, ebenfalls höflich und liebenswürdig zu sein."

„Aber Eva – es nützt einem nicht das geringste, nur höflich und liebenswürdig zu sein, wenn es sich um scharfe gesetzliche Bestimmungen handelt! Die werden ja erlassen, damit sie befolgt werden."

„Natürlich. Aber sieh mal: Wenn du jemand sympathisch bist, da möchte der Betreffende ungern nein sagen, und dann tut er alles, was er kann, um zu versuchen, ob dein Anliegen nicht in die Grenzen des Erlaubten hineingestopft werden kann. Verstehst du? Und noch eins: Du bist anständig und hältst dich an die Sache. Du hast deine Papiere in Ordnung, und du stehst für dich selber ein. Stimmt's?"

„Ich hoffe es – doch, ich glaube es."

„Also – mit sauberen Papieren und einer natürlichen Höflichkeit und Liebenswürdigkeit kann man fast alles erreichen! Und jetzt hast du es also erreicht, eine Devisenzuteilung zu erhalten!"

„Ja, zum Glück. Du ahnst gar nicht, was mir für ein Stein vom Herzen gefallen ist!"

„Es ist halb zwei, Anne!"

„Ja, ich fliege. Nur noch eine Woche, Eva, dann bin ich mit meinem Kiosk fertig – und dank dir und Onkel Herluf kann ich mein Gehalt gleich noch zum Betriebskapital hinzulegen."

„Ja; du findest es offenbar rührend, daß ich dir nicht nach jeder Mahlzeit eine Rechnung vorlege? Karbonade vier Kronen, Fruchtsalat drei Kronen . . ."

„– zuzüglich Steuer und Bedienung", sagte Anne lachend. „Addio, Schwiegermamadrache, ich stürze weg. Wenn du ganz lieb bist, dann bringe ich dir eine Tüte Honigbonbons mit!"

Dann schwang sich Anne aufs Rad und rollte davon.

Und die Gedanken schnurrten in ihr um die Wette mit den Rädern.

Es gab unendlich viel, was erledigt werden mußte. In vierzehn Tagen werde der Raum frei gemacht, hatte man ihr im „Wochenblatt der Dame" versprochen. Das Schaufenster sei allerdings noch bis zum zwanzigsten Oktober durch die preisgekrönten Strickereien besetzt – aber darüber war Anne nicht im geringsten böse. Denn mitten in dem Fenster prangte ihr eigenes Kleid mit einem Riesenschild daran: 1. Preis: Frau Anne Daell.

Oh, was für eine Reklame! *Was* für eine Reklame!

Aber hinter dem Schaufenster konnte sie in etwa vierzehn Tagen schon mit der Arbeit beginnen. Der Raum

69

mußte tapeziert werden – aber damit hatte Eva ihr zu helfen versprochen. Sie mußten die Handwerker, soweit es irgend ging, sparen. „Wo ich doch das ganze Eßzimmer selbst tapeziert habe!" sagte Eva. „Das heißt, Jess hat mir ja ein bißchen geholfen, aber wir werden auch ohne ihn auskommen."

Eva kramte unter ihren Sachen auf dem Boden und fand einen alten Notenschrank. Und als Anne eines Tages nach Hause kam, stand der Schrank hübsch frisch lackiert da und wartete auf sie. Es war ein Rollschrank mit einer Reihe kleiner, ausziehbarer Schubfächer und sehr praktisch.

„Bitte, der ist für die Strickmuster", sagte Eva, und Anne war selig.

Aber sie brauchte auch einen Ladentisch. Am liebsten einen Tischschrank, rundherum aus Glas, dann wäre nämlich gleichzeitig das Problem mit der Auslage im Laden selbst gelöst.

Wenn sie bloß bald die Wolle bekäme! Dann könnte sie die Tanten mit dem Stricken in Betrieb setzen – Tante Modesta hatte angeläutet und Bescheid gesagt, daß sowohl Frau Karstensen als auch Fräulein Holmgren liebend gern die Einnahme mitnehmen würden, und daß sie bloß auf Material und Strickvorlagen warteten.

Aber dann kam das Allerschwierigste: Die Kalkulation. Zum Glück habe ich in der Handelsschule Kalkulation gelernt, dachte Anne, als sie vom Rade sprang, es in den Ständer einstellte und abschloß.

„Bin ich zu spät, Fräulein Rasmussen?"

„Nein, gar nicht. Es kommt genau hin. Zwei Minuten vor. Ja, also dann auf Wiedersehen, Frau Daell."

„Auf Wiedersehen."

Annes Gedanken gingen andere Wege, während sie ihre Kunden höflich bediente.

„Ja bitte, suchen Sie sich die Ansichtskarten selber aus" – der Firmenname muß auch baldigst eingetragen werden – „diese beiden, danke, macht sechzig Öre" – es wäre wohl das beste, wenn sie das Geschäft „Norwegische Strickarbeiten" nannte – „nein, Bonbons haben wir leider nicht lose, nur fertig verpackt in Zellophantüten" – natürlich wäre auch „Der Strickkorb" gar nicht so übel, aber Eva hat gesagt, das Wort „norwegisch" müsse mit hinein – „nein, die Illustrierten kommen erst morgen neu" – aber als Warenzeichen wollte sie einen kleinen Strickkorb mit einem Knäuel haben, und das Garnende sollte sich in Schnörkeln und Buchstaben über den Korb hinwegwinden und die Wörter „Norwegische Strickarbeiten" bilden – „gewiß, meine Dame, ich will Ihnen gern Ihre Markttasche so lange aufbewahren ..."

Die Stunden verstrichen, Anne bediente, und zwischendurch strickte sie. Vielleicht konnte sie alles, was sie im Augenblick an Wolle besaß, zusammenkratzen und die Tanten mit dem Stricken beginnen lassen – für eine oder zwei Jacken mußte sie doch genug haben – und sie konnten mit einem einfachen Sternenmuster beginnen, das sie in diesem Sommer entworfen hatte – –

Eben kam ein überfüllter Abendzug aus der Stadt, und einige Minuten lang ging es vor Annes Kiosk lebhaft zu. Zeitungen, Bonbons, Schokolade, Illustrierte – Briefmarken für einen Brief, der eigentlich hätte in der Stadt eingesteckt werden sollen – dann kam ein Herr und fragte nach einer Schachtel Konfekt.

O doch, Konfekt in Schachteln hatte Anne.

„Diese ist zu klein, Fräulein – haben Sie nicht eine größere?"

Anne suchte die größte heraus, die sie hatte.

„Ja, schauen Sie, die ist schon besser – Gott sei Dank! Was hätte ich sonst bloß machen sollen, mir fiel erst im Zug ein, daß heute mein Hochzeitstag ist – was kostet die Schachtel, Fräulein?"

Anne mußte es sich gefallen lassen, wieder „Fräulein" genannt zu werden – wer würde auch auf den Gedanken kommen, daß das blonde junge Mädchen im Kiosk eine würdige Ehefrau war?

Sie mußte erst nachschlagen.

„Es kommt so selten vor, daß wir hier eine so große Packung verkaufen", sagte sie zu dem Kunden, als Entschuldigung, daß sie den Preis nicht wußte. „Ich muß mal sehen – ja, dreißig Kronen . . ."

„Puha, so 'n Hochzeitstag ist wahrhaftig nicht umsonst – würden Sie mir das Ding einpacken, Fräulein?"

Anne gab sich viel Mühe mit dem Paket, so daß es sehr ansprechend wirkte.

„Tausend Dank, Fräulein, das ist sehr liebenswürdig, jetzt ist die Situation gerettet – übrigens nett, mal wieder Norwegisch zu hören, ich hab' so einen wunderbaren Sommer in Norwegen verlebt! Wie in aller Welt ist aber ein norwegisches junges Mädchen in einem dänischen Zeitungsstand auf einem Vorortbahnhof gestrandet?"

„Ich bin Dänin", lachte Anne. „Gebürtige Norwegerin und dänisch verheiratet!"

„O weh, Sie sind sogar verheiratet? Das ist Ihnen aber nicht anzusehen. Nun ja, vielen Dank, gnädige Frau!"

Der Herr ging weg, freundlich lächelnd und in plötzlicher Eile, und es vergingen ein paar Minuten, ehe Anne die lederne Aktenmappe bemerkte, die in ihrem Verkaufsfenster auf einem Stapel Zeitungen lag.

„Er wird wohl zurückkommen und sie sich holen", sagte Anne bei sich und legte die Mappe unter ihren Verkaufstisch.

Aber die Zeit verstrich, und als Anne endlich schließen wollte, hatte sich immer noch niemand nach der Mappe erkundigt.

Da öffnete sie sie zögernd – vielleicht fand sie drinnen Namen und Adresse . . .

Die Mappe war voll von Papieren. Zum Glück lag auch ein Brief dabei: Direktor O. Lydersen – und die Privatadresse. Es stellte sich heraus, daß er in einer Straße wohnte, durch die Anne fuhr, wenn sie nach Hause radelte. Jaja, dann brauchte sie sie ja nur eben abzugeben.

Anne klemmte die Mappe auf ihrem Gepäckträger fest und strampelte los.

Als sie an der Haustür klingelte, hörte sie von drinnen viele Stimmen, ein junges Mädchen im Abendkleid und mit hochrotem Gesicht öffnete die Tür.

„Ach nein – Papas Mappe – – Papa, hier ist deine Mappe, komm schnell . . ."

Der Herr Papa erschien in der Diele. Tatsächlich, es war der Herr mit der Konfektschachtel.

„Oh, ich Dummkopf!" stöhnte er. „Da hab' ich das ganze Fundbüro der S-Bahn halb verrückt gemacht mit meinem ewigen Telefonieren und total vergessen, daß ich an dem Kiosk was gekauft habe – Gott segne Sie, kleines Fräulein – ach nein, stimmt ja, Sie sind ja eine gnädige Frau –

Sie sollten ahnen, wie schwierig es ist, an seinem Hochzeitstag ein sorgloser und liebenswürdiger Gastgeber zu sein, wenn man dasitzt und ständig daran denken muß, daß man ein halbes Vermögen eingebüßt hat – Sie sind wirklich eine Perle! Daß Sie mir die Tasche wieder bringen! – Erlauben Sie . . ." Die Hand wollte in die innere Rocktasche greifen.

„Nein, nein", rief Anne erschrocken, „das dürfen Sie nicht . . ."

„Darf ich nicht einen wohlverdienten Finderlohn bezahlen? Die Mappe ist für mich äußerst wertvoll, kleine Dame . . ."

„Nein, auf keinen Fall – ich nehme doch keine Bezahlung an, nur weil ich einem Menschen sein rechtmäßiges Eigentum zurückgebe – ich mußte sowieso hier vorbei – nein, ich nehme nichts, danke – – Guten Abend, ich freue mich, daß sich die Mappe wieder gefunden hat . . ." Plötzlich war Anne wieder das scheue und bescheidene Mädchen aus Möwenbucht, sie machte in der Verwirrung einen Knicks und rannte die Treppe hinunter.

Direktor Lydersen aber blieb mit offenem Munde und offener Brieftasche stehen und blickte auf den Hundertkronenschein herab, den er der jungen Norwegerin in seiner unendlichen Erleichterung als Finderlohn zugedacht hatte.

Aber die ehrliche Finderin saß schon wieder auf dem Rade, und die Gedanken wirbelten weiter!

Sie mußte so bald wie möglich den Firmennamen ins Handelsregister eintragen lassen – den Handelsbrief würde sie wohl in der nächsten Woche schon in Händen haben – und dann mußte sie so schnell wie möglich ein Schild bestellen – – ihr wurde heiß, wenn sie daran dachte, was das alles kosten würde. Ihr ganzes Betriebskapital würde für diese Anfangsausgaben draufgehen – ja, fürwahr, sie mußte Jacken verkaufen, wenn sie nicht trostlos bankrott machen sollte, fast noch bevor sie angefangen hatte . . .

Der sonderbare Schlachterjunge

Annes Vertretung in dem Zeitungsstand war zu Ende. Und das war ein Glück. Denn sie hatte so unsinnig viel zu tun, daß sich ihr alles im Kreise drehte.

Die Wolle war angekommen, und im „Marie-Christine-Haus" liefen die Stricknadeln heiß. Anne selber strickte in jeder freien Minute, und Evas Reinemachefrau hatte gefragt, ob sie nicht auch vielleicht – sie und ihre Tochter, sie würden sich gern noch was dazuverdienen . . .

Aber gewiß doch! Sie erhielten Wolle und Stricknadeln und Muster und Vorlagen, und dann hatte die Tochter eine Freundin, die ebenfalls – und bald saßen zwanzig Strickerinnen rundum in Kopenhagen und Umgebung und strickten für den ersten Warenvorrat in der Firma „Norwegische Strickarbeiten", Inhaberin Anne Daell".

Dann kam mit Pauken und Trompeten die Gratisreklame. Die Nummer vom „Wochenblatt der Dame", in dem der Bericht über Anne stand.

Anne las und errötete und lachte und freute sich. Wahrhaftig, Frau Askelund war großartig. Nicht eine von den unzähligen Leserinnen der Zeitschrift wurde im unklaren darüber gelassen, daß die Gewinnerin in dem großen Preisausschreiben ihr eigenes Strickwarengeschäft mit einmaligen Mustern und nur handgearbeiteten Dingen eröffnete.

Zwischen Paris und Lyngby aber flogen die Briefe hin und her. Jess nahm lebhaft an allem teil, was mit dem neuen Unternehmen seiner tatkräftigen Frau zusammenhing, und die tatkräftige Frau nahm lebhaftesten Anteil an den Fortschritten, die ihr begabter Mann auf dem dornenvollen Pfade der Kunst machte.

Anne fand auch eine Möglichkeit heraus, wie sie in diesem Monat etwas Geld verdienen konnte. Das Haus, in dem die Wohnung ihrer Schwiegereltern lag, war eine riesige, ganz moderne Mietskaserne mit acht Stockwerken. Sie ragte zwischen den älteren drei- und vierstöckigen Häusern wie ein wolkenhohes Ungetüm auf. Hier gab es nicht weniger als drei Hauseingänge, und zu jedem Eingang gehörten sechzehn Wohnungen. In diesem Hause wohnten ungefähr ebenso viele Familien wie in Annes ganzem Heimatdorf zusammengenommen.

Die weitaus meisten Bewohner waren junge Ehepaare, Ehepaare mit kleinen Kindern und ohne Hausangestellte.

Da kam Anne eine gute Idee: Sie heftete eines Tages in den drei Fahrstühlen Zettel an:

„Anne Daell, Wohnung Nr. 11, übernimmt in den Abendstunden das Hüten von Kindern."

Es sollte nicht lange dauern, da stellte sich auch schon die erste Kundin ein. Und Anne zog los, mit dem Strickzeug bewaffnet, und hütete kleine Kinder für zehn Kronen den Abend. Wurde es später als vierundzwanzig Uhr, dann wurde ihr jede folgende Stunde extra bezahlt.

Samstags konnte es vorkommen, daß sie von mehreren Müttern zugleich bestellt war. Handelte es sich um Säuglinge, dann war die Geschichte ganz einfach. Sie setzte sich dann zu dem größten Kind, und die Säuglinge aus den an-

dern Wohnungen wurden im Kinderwagen dazugestellt.
Es kam vor, daß sie vier Wagen mit vier schlafenden Würmern um sich herumstehen hatte, während der Sohn oder die Tochter des Hauses selber ruhig und sorglos in seinem Gitterbettchen schlief. Und der Samstag brachte auch viel Überstunden ein, denn wer säße wohl in einem vergnügten Kreis von Menschen mit der Uhr in der Hand und sagte: „Wir müssen nach Hause, die Uhr ist zwölf, wir wollen das Überstundengeld sparen?" O nein, man blieb getrost sitzen, in dem angenehmen Bewußtsein, daß man einen „Babysitter" hatte, und die Stundengelder rollten ein, Krone um Krone wuchs Annes Betriebskapital an.

Die Kinder schliefen, und die Größeren wachten wohl einmal auf und verlangten etwas zu trinken, und es kam wohl auch vor, daß eins weinte und nach der Mama rief. Anne tröstete, Anne holte Wasser, Anne lullte in Schlaf – und dann wurde es still in der Wohnung, und Anne saß mit Bleistift und Papier und rechnete, oder sie strickte und strickte . . .

So kam sie mit den meisten Bewohnern des Hauses in nähere Verbindung, und es waren noch keine vierzehn Tage vergangen, da unterhielt man sich auf den Balkons, während man die Betten auslegte, von Fenster zu Fenster, wenn die Hausfrauen die Küche auslüfteten, auf dem Trockenplatz, auf dem Spielplatz, wenn die Mütter ihre Kinder zum Essen heraufholten – im Waschkeller, begleitet von der elektrischen Waschmaschine und dem Motor:

„Ach nein, es ist nicht die Frau vom Konzertmeister Daell – es ist die Schwiegertochter, die junge Norwegerin – die den ersten Preis im ‚Wochenblatt der Dame' gewonnen hat – ach ja, natürlich habe ich das gesehen, es ist ja dort ausgestellt – übrigens werden wir es später hier auch zu sehen kriegen, sie hat es ursprünglich als Geburtstagsgeschenk für die Schwiegermutter gestrickt ...“

Die arme Schwiegermutter mußte auf ihr Geschenk warten, denn es war bis zum zwanzigsten Oktober ausgestellt – und Eva hatte am fünfzehnten Geburtstag.

Aber wenn sie auch zunächst Annes Geschenk entbehren mußte, so wurde der Tag dennoch ein Fest – und er barg andere Überraschungen für sie in seinem Schoß.

„Nein, unmöglich, bist du wirklich fünfundvierzig, Eva?“ sagte Anne am Frühstückstisch, wo sie Blumen in einem Kranz um Evas Teller herumgelegt und neun Kerzen angezündet hatte. „Die vier roten sind für jedes Jahrzehnt, und die fünf grünen für die fünf einzelnen Jahre“, erklärte sie, als Eva fragte, ob die neun Kerzen das Alter ihres Geistes angeben sollten.

„Ja, soll man es glauben?“ sagte Onkel Herluf stolz. „Eines schönen Tages werde ich wohl gefragt werden, ob das meine Tochter ist, die ich dauernd im Schlepptau habe ...“

„Du denkst, du machst einen Witz“, lachte das Geburtstagskind. „Es ist noch kein Jahr her, da wurde Jess mal gefragt, ob es seine Schwester gewesen sei, mit der er im Theater war! Und das war ich!“

„Danach werde ich Jess bei Gelegenheit fragen“, schmunzelte Onkel Herluf. „Ich habe dich schwer im Verdacht, daß du aufschneidest, Frauchen ...“

„Wenn du dazu bloß die Gelegenheit hättest“, seufzte Eva. „Ich finde es gräßlich leer ohne Jess hier ...“ Ihre Augen suchten Annes, und sie schwieg jäh. Denn Annes Augen standen voller Tränen.

„Manchmal – manchmal – da – da ist es ganz besonders schwer, daß man Jess nicht da hat", sagte Anne mit belegter Stimme. „Wie zum Beispiel jetzt . . ." Sie schluckte die Tränen hinunter und wischte sich die Augen schnell mit dem Zipfel der Serviette ab.

„Ich mach' schon auf", sagte sie gleich darauf. Es hatte an der Wohnungstür geschellt.

„Wenn es der Junge vom Schlachter ist: das Fleisch ist bezahlt!" rief Eva hinter ihr her.

Draußen stand ein sonderbarer Schlachterjunge.

Denn kaum daß die Tür geöffnet wurde, da legte sich eine lange, schlanke Hand blitzschnell auf Annes Mund – und ihr Freudenschrei wurde im Keim erstickt.

„Pscht, Anne – keinen Mucks – ich will Mutterchen überraschen."

Sie stand dicht bei der Wohnungstür, fest, fest von Jess umschlungen – und seine Lippen fanden die ihren in einem langen Kuß.

„Jess – Jess – ich kann es gar nicht glauben, daß du es wirklich bist . . ." Anne flüsterte es zwischen zwei Küssen.

„Und trotzdem küßt du mich?" flüsterte Jess zurück.

Er stellte geräuschlos den Koffer aus der Hand und streifte den Mantel ab.

„Warte", flüsterte Anne.

Sie strich sich das Haar glatt und ging wieder hinein.

„Der Schlachterjunge will durchaus selber mit dir reden, Eva."

„Ach je", sagte Eva. „Dann haben sie sicher doch keinen Kalbsbraten gehabt – ja, ich komme."

Sie erhob sich – und setzte sich prompt wieder hin. Denn in der Tür stand der, von dem ihrer aller Gedanken angefüllt waren, der, von dem sie gerade gesprochen – und den sie so schmerzlich vermißt hatten ...

„Mein einziger Junge – mein einziger, einziger Junge ..."

Es dauerte lange, bis Jess dazu kam, sein Hiersein zu erklären.

„Martiani hat dich also 'rausgeworfen, kann ich mir denken", sagte Anne.

„O nein, du, Martiani sitzt da und zählt die Stunden, bis seine jugendliche Hoffnung und sein talentvollster Schüler wieder zurückkommt ..."

„Du meinst, sein bescheidenster?" schlug Onkel Herluf vor.

„Aber wenn die Mutter fünfundvierzig wird, und wenn man sich nach seiner Frau sehnt, und wenn man plötzlich fünfhundert Kronen verdient, und wenn man als junger Student zu ermäßigtem Preis fliegen kann, und wenn es Nachtflugzeuge gibt, die nur knapp drei Stunden fliegen ..."

„– – und wenn man ein bodenlos leichtsinniger junger Mann ist, der vom Wert des Geldes keine blasse Ahnung hat", ergänzte Onkel Herluf.

„Liebes Väterchen, dein Sohn hat ein richtiggehendes, beachtliches Engagement in Kopenhagen. Hättest du heute die Morgenzeitung gelesen, dann wüßtest du es. Allerdings habe ich gehofft und drum gebetet, daß ihr dazu keine Zeit hättet. Die französische Sängerin Jeanne Jouvet, die am Samstag hier ein Konzert gibt, kann sich – klug, wie sie ist – natürlich keinen andern Klavierbegleiter denken als den hervorragenden ..."

„... und bescheidenen ..." warf Onkel Herluf schmunzelnd wieder ein.

„... hervorragenden und daher nicht bescheidenen Jess Daell!" vollendete Jess. „Ich habe Madame Jouvet begleitet, als sie ihr Programm einstudierte – ja, natürlich hat mein geliebter Maestro mir das verschafft – und jetzt will sie niemand anderen als mich für ihr Konzert haben. Habt ihr begriffen? Und außerdem habe ich es so fein eingefädelt, daß ich im Rundfunk zwei Bandaufnahmen habe – eine mit Orchester, ich soll Griegs a-Moll-Konzert spielen – und eine solo, eigene Werke, geliebte Gattin – so kommt es, daß ich hier bin. Und ich bleibe auch noch die ganze nächste Woche hier, denn ich muß doch nachsehen, was meine strickende Frau für Leichtsinnigkeiten vorhat – und am nächsten Sonntagabend kann mich eben dieselbe strickende Frau mit Tränen der Trauer zum Flugplatz begleiten ..."

Es folgte eine wunderbare Woche.

Jess ging mit Anne in den „Laden" und besichtigte ihn. Er glänzte mehr durch seine gute Lage als durch seine Größe. „Hier mußt du ja aus der Tür 'rausgehen, wenn du dich umdrehen willst", meinte Jess, aber Anne beschrieb ihm, wie sie ihn sich einrichten wollte, und Jess mußte zugeben, daß sie es praktisch gelöst zu haben schien. Als Anne zum Kinderhüten bestellt wurde und ablehnen wollte, sagte Jess:

„Unsinn, nimm die Bestellung ruhig an! Aber sag, daß du deinen Mann mitbringst."

So übernahm Anne die Bestellung, und abends stand Jess dabei und sah zu, wie sie ein pummeliges Baby neu wickelte, die Flasche zurechtmachte und ein Kleines, das in einem Wagen lag, in Schlaf lullte.

Ihre Augen begegneten sich über dem Wickeltisch, wo das nackte kleine Ding vergnügt zappelte.

Jess legte den Arm um Anne.

„Ja, Anne – einmal werden wir beide ja auch ... aber noch nicht so ganz gleich."

„Nein, noch nicht ganz gleich", flüsterte Anne. „Aber dermaleinst Jess – oh, wenn du wüßtest, wie ich mich darauf freue ..."

„Denkst du etwa, ich nicht?" sagte Jess.

Der Mann mit der Mappe

In der kleinen Wohnung in Lyngby herrschte eine lebhafte, glückliche Emsigkeit. Alle hatten Verabredungen und unternahmen etwas, alle hingen am Glockenstrang, alle hatten sich gegenseitig einen Bescheid zu geben.

„Muttchen, ich weiß nicht, wie lange die Probe dauern wird, du darfst heute nicht mit dem Essen auf mich warten! – Eva, ich werde wohl heute zum Zoll gehen müssen, das Paket mit Wolle aus Möwenbucht abholen, und außerdem muß ich den Tanten eine Unmenge neuer Entwürfe bringen – nein, zum Lunch kann ich unmöglich zurück sein, leider nicht, ich esse eine Kleinigkeit in der Stadt ..."

„– in der stillen Hoffnung, daß ich um die Zeit auch gerade Pause habe, du Strick", lachte Jess.

„Frauchen, du hast doch daran gedacht, einen Blick auf meine steifen Hemden zu werfen, ja? Und einen Extrakragen bitte, ich schwitze so infam bei dem Brahmskonzert, da möchte ich in der Pause ganz gern den Kragen wechseln ..."

Alles kam auf einmal. Onkel Herluf, der in dem großen Symphonieorchester erster Konzertmeister war, hatte ein großes und schwieriges Programm zu bewältigen – das Orchester hatte einen neuen Dirigenten, der „langsam, aber sicher das Leben aus uns herauspreßt", sagte Onkel Herluf. Anne flog vom Zoll zur Bank, von der Schilderfabrik zur Handelskammer – und Jess probte mit seiner Sängerin und probte für seine Rundfunkaufnahmen.

Aber alles war schön, alles machte Spaß – man fühlte, daß man lebte, daß man mit beiden Beinen mitten in dem reichen, pochenden, pulsierenden Leben stand.

Und Eva ging daheim umher und hielt in gewissem Sinne alle Fäden in ihren kleinen Händen. Sie war es, bei der sie Rat suchten, sie war es, die im Kleinen wie im Großen helfen mußte, sie war es, die als erste alle Sorgen erfuhr und an allen Freuden teilnehmen durfte. Und sie war es, die mit unwahrscheinlicher Spannkraft jederzeit dafür sorgte, daß warmes und wohlschmeckendes Essen auf dem Tisch stand, wenn ein müder und hungriger Mann, Sohn oder Schwiegertochter plötzlich auf der Bildfläche erschien.

Eva kostete es aus, daß sie für „ihre drei" sorgen durfte, und war unbeschreiblich glücklich, wenn sie alle abends, nach dem unruhigen Arbeitstag, um sich versammelt hatte.

Jess legte ein glühendes Interesse für die Zukunftspläne seiner Frau an den Tag und wurde es nie müde, ihr gute Ratschläge zu geben. „Das wenige, was ich weiß", sagte er mit ungewohnter und erstaunlicher Bescheidenheit.

„Hast du etwas Platz an der Wand?" fragte er eines Tages.

„Ja-a – ich will zwar ein paar Reklameschilder aufhängen, aber deswegen bleibt doch eine ganze Menge Platz."

83

„Dann weiß ich was! Ich lass' ein paar Vergrößerungen von dem wunderschönen Bild mit Mutter Kristina am Spinnrad machen – das mit dem Sonnenstrahl durchs Fenster, und Maunz auf dem Fensterbrett, weißt du – es ist die beste Aufnahme, die ich je gemacht habe! Und dann eins von dir mit dem Strickzeug – und dann das mit Muttchen in ihrer neuen Jacke, was ich auf dem Hofplatz in Möwenbucht aufgenommen habe, du weißt doch – und die drei Bilder hängen wir in der genannten Reihenfolge auf! Und dann ein Schild unter dem ersten: Handgesponnene – Gedankenstrich – und dann kommst du – handgestrickte – Gedankenstrich – und dann unter Muttchen – norwegische Jacke!"

Gesagt, getan. Jess brachte die Filme zum Fotografen. Gegen die schwachen Proteste der Mutter, als Fotomodell auftreten zu müssen, stellte er sich taub.

„Wo du so reizend und jung aussiehst, mußt du es dir schon gefallen lassen", lachte Anne, und Eva wäre keine Frau gewesen, wenn sie sich durch diese Begründung nicht hätte erweichen lassen!

Dann setzte sich Jess eines Abends mit Tusche und Plakatpappe hin.

„Ich bin im Zeichnen nicht so ganz unbegabt wie du", erklärte er seiner Frau. „Es muß doch Spaß machen, es mal zu versuchen . . ."

Er zeichnete, daß die Tusche nur so spritzte, und ehe der Abend um war, hatte er nach Annes Anweisung einen ganz annehmbaren Entwurf für das Warenzeichen zustande gebracht. Und dann hatte er mit viel Fleiß und Mühe Plakate gemalt, die drinnen im Laden aufgehängt werden sollten:

Bestellungen auf Jacken aus handgesponnener, naturfarbener Wolle in eigens gezeichneten Mustern werden entgegengenommen.

Ein kleines Schild sollte im Fenster aufgestellt werden: English spoken. – Man spricht deutsch. – On parle français.

Wieder einige Kronen gespart! Und dann war Anne an der Reihe, Jess Hilfe zu leisten.

„Du mußt im Funk unter allen Umständen dabeisein", sagte Jess. „Wenn ich weiß, du sitzt daneben – am liebsten so, daß ich deine blonden Haarzotteln sehen kann – dann spiele ich viel besser..."

So ging Anne denn mit und setzte sich still in eine Ecke des Studios, während Jess spielte. Jedes einzige von den kleinen Stücken, die er spielte, rief in Anne ganz bestimmte Erinnerungen wach. Dies war aus Möwenbucht – Abendstimmung über dem Schwarzbuckel. Dann kamen die kleinen Sachen, die er in jenem Sommer vor zwei Jahren komponiert hatte, als er so ganz aus dem Häuschen war vor Freude, weil er Musik studieren durfte anstelle der Handelsfächer. Dann kam eine Nocturne, voller Sehnsucht und Wehmut – die stammte aus dem Winter, als sie die Hochzeit hinausschieben mußten, weil Anne daheim in Möwenbucht Pflichten hatte. Die kleinen Kompositionen fügten sich aneinander wie Perlen auf einer Schnur – ein musikalisches Tagebuch, mußte Anne denken und lächelte vor sich hin.

Dann kam das letzte Stück: Am Mondsee.

Anne hatte es noch nie gehört, Eva und Onkel Herluf hatte sie es nicht gezeigt. Sie selbst konnte nicht Klavier spielen – die Noten kannte sie zwar, dies hätte sie aber nie allein durchklimpern können. Sie wollte auch Eva nicht bitten, es für sie zu spielen. Wenn sie es zum ersten Mal hörte, mußte es Jess sein, der es ihr vorspielte.

Und jetzt spielte er.

Anne schloß die Augen. Sie sah wieder den Mondsee vor sich, sie hörte das leise Gurgeln des Wassers unterm Kahn, sie sah die Mondsichel über dem Gipfel des Schafbergs aufgehen – und sie spürte den Duft der Lindenallee, sie hatte die ganze Stimmung jenes Abends im Blut.

Die Berceuse schloß mit einem kleinen, verhallenden Pianissimo – die Dunkelheit hatte sich auf den Mondsee gesenkt, und es war so still – so still – sogar die kleinen Wellen hatten aufgehört zu plätschern ...

Es war zu Ende. Die rote Lampe erlosch. Jess stand auf und trat auf Anne zu. Sie saß noch immer schweigend im Sessel, ihre Augen waren sehr blank.

„Liebes", flüsterte Jess und neigte sich über sie.

Der Techniker drinnen im Aufnahmeraum zog diskret den Vorhang vor die Glasscheibe zum Studio.

Während Jess am nächsten Tag mit Jeanne Jouvet probte, führte Anne endlich aus, was sie schon lange vorgehabt hatte. Sie machte sich auf den Weg, um einen Tisch für ihren Laden zu erstehen.

Es war nicht leicht, das Richtige zu finden, denn der Platz war sehr beschränkt. Anne hatte gemessen und gerechnet und war zu dem Ergebnis gekommen, daß ein gebogener Ecktisch – oh, das wäre das Ideale, ob sie den aber würde auftreiben können? Und was so einer wohl kostete? Sicher war er unerschwinglich.

Nun, fragen konnte man auf alle Fälle mal.

Und dann ging Anne zu der Firma „Büro- und Ladeneinrichtungen AG".

Ladentische aus Glas gab es, weiß der liebe Himmel. Breite und schmale, hohe und niedrige, wunderbar praktisch eingerichtet, mit kleinen Fächern und großen Fächern, die Fächer konnten ganz nach Belieben verstellt werden – Anne sah im Geiste einen solchen Tisch vor sich, angefüllt mit Jacken, mit Pullovern, mit kleinen Fächern für Fausthandschuhe und Strümpfe...

Sie fragte vorsichtig nach dem Preis. Und traute ihren eigenen Ohren nicht, als sie ihn vernahm!

Nein, das mußte sie sich aus dem Kopfe schlagen.

Sie warf noch einen langen Blick in die Runde und seufzte.

„Wir haben einen stehen, der ist nicht ganz neu", sagte da der Verkäufer. „Es ist allerdings ein Ecktisch, aber..."

„Ach, zeigen Sie mir den doch bitte", sagte Anne.

Und da stand *ihr* Ladentisch. Genauso abgerundet, wie er sein sollte, genau die richtige Höhe – sie ließ sich vom Verkäufer die Breite ausmessen, die paßte, als sei der Tisch für Anne gemacht.

„Was kostet der?"

Der Verkäufer wußte es nicht genau. Er mußte erst den Chef fragen.

Anne wartete. Oh, wenn er bloß nicht zu teuer wäre – *wenn* er nun bloß nicht zu teuer wäre – wenn sie den bekäme, dann könnte sie Wandbretter sparen – und hier drinnen würde die Ware so wunderbar staubfrei liegen – und auch übersichtlich und...

Da stand ein Herr vor ihr, und Anne meinte, das Gesicht zu kennen, in das sie blickte.

„Oh ..." sagte sie und überlegte fieberhaft, wo sie ihr Gegenüber schon getroffen hätte.

„Nanu – Sie kenne ich doch – ach ja, jetzt weiß ich! Kiosk! Konfektschachtel! Meine Mappe! Nicht wahr, Sie sind doch die norwegische junge Dame, die ..."

„Ja, die bin ich."

„Und nun wollen Sie in Ihren Kiosk einen Glastisch einbauen, wie? Nein, stimmt ja, Sie sind ja gar nicht mehr dort. Ich erkundigte mich ein paar Tage später nach Ihnen, aber da waren Sie weg."

„Ja, ich fange jetzt für mich allein etwas an – und ich brauche einen Ladentisch."

„Aha, ja. Sie interessieren sich für diese Strumpfvitrine, wie ich höre ..."

„Ja. Eigentlich brauche ich sie nicht gerade für Strümpfe – ich will sie für alle möglichen handgestrickten Arbeiten haben, die übersichtlich und gegen Staub geschützt liegen sollen. Und mein Geschäft ist so klein, daß ..."

Direktor Lydersen zog die Brauen zusammen.

„Warten Sie mal – warten Sie. Ich muß doch irgendwo etwas über Sie gelesen haben? Oder hat meine Frau mir was erzählt? Was sagten Sie – handgestrickte – norwegische Sachen – kleiner Laden – oh, jetzt weiß ich! Frau Daell! Die Strickkünstlerin! Stimmt's?"

„Ja! Sie haben aber ein gutes Gedächtnis!"

„Na und ob. Und außerdem liefere ich Büromöbel für die Redaktion und die Expedition des ‚Wochenblatts der Dame‘ und kenne Frau Askelund. Sie meinen also, daß dieser Tisch für Sie passen würde?"

„Ja, der Tisch paßt genau. Fragt sich bloß, ob der Preis es auch tut."

„Tja." Herr Lydersen überlegte abermals, dann nickte er dem Verkäufer zu. „Ich erledige dies hier selber, Sörensen. Sie können wieder in die Maschinenabteilung gehen – ja, sehen Sie, gnädige Frau, da möchte ich Ihnen einen Vorschlag machen. Was würden Sie dazu sagen, wenn Sie den Tisch bei mir leihen und dann erst mal zusehen, wie er im Gebrauch ist? Er steht nämlich offen gestanden nur da und nimmt mir den Platz weg, und ich wäre ausgesprochen froh, wenn ich ihn loswürde. Ist er nach Ihrem Herzen, dann können Sie ihn bezahlen, ja – es eilt durchaus nicht, sagen wir vielleicht mal im Frühjahr – und gefällt er Ihnen nicht, dann nehme ich ihn eben wieder. Was meinen Sie dazu?"

„Ja, o – o ja, schrecklich gern natürlich – es ist nur viel zu liebenswürdig, ich kann doch nicht ..."

„Freilich können Sie. Und es ist keineswegs so liebenswürdig. Es ist nämlich eine unverschämte Art und Weise, wie man Kunden wirbt. Jetzt brauchen Sie mich vielleicht – aber wer weiß, in ein paar Jahren, wenn Sie sich hochgearbeitet haben und in einem großen, vornehmen Geschäft sitzen, dann bin ich derjenige, der Sie nötig hat."

„Und wenn ich bankrott mache?" lächelte Anne.

„Dann gehört der Tisch auf alle Fälle nicht mit zur Konkursmasse, denn er ist ja meiner", lachte Herr Lydersen.

„Aber einmal muß er ja schließlich bezahlt werden – und wieviel soll er dann kosten?"

„Lassen Sie uns mal nachdenken ..." Lydersen dachte nach und sah aus, als rechne er aus Leibeskräften. Sörensen war außer Hörweite. „Ja, wie gesagt, alt ist er ja ..." Lydersen sprach leise, „wir können ja sagen ..." Er nannte eine Summe, und es war ein Segen, daß Sörensen die nicht hörte. Denn sonst hätte er sich viel zu viele Gedanken darüber gemacht, warum der Chef den prachtvollen Glastisch hundert Kronen unterm Einkaufspreis verkaufte.

Ein paar Minuten später verließ Anne glücklich und beschwingt das Geschäft. Sie wußte nicht, daß Herr Lydersen ihr durch die Spiegelglasscheibe nachschaute.

„So, meine verehrte kleine Dame – nun hast du deinen Finderlohn doch noch bekommen", sprach Herr Lydersen schmunzelnd vor sich hin und verfolgte Annes schlanke Gestalt, bis sie um die Ecke verschwunden war.

Das Konzert der Sängerin fand am Samstagabend statt, und Sonntagabend wollte Jess zurückfliegen. Und dann dauerte es nur noch eine Woche, bis die Firma „Norwegische Strickarbeiten" den Betrieb eröffnete.

Nach dem Konzert aßen sie zusammen mit Eva und Onkel Herluf, und dann brachen sie auf. Die Eltern verstanden nur zu gut, daß die Jungen diesen letzten Abend für sich allein haben wollten. Man konnte nicht damit rechnen, daß Jess so eine plötzliche Stippvisite von Paris nach Kopenhagen noch einmal machen würde.

„Anne", sagte Jess. „Darf ich bitten, mich als Aktionär an deinem Geschäft beteiligen zu dürfen?"

„Kommt gar nicht in Frage. Es ist doch keine Aktiengesellschaft!"

„Darf ich dann nicht zwölf Kinderjäckchen für meine zwölf ersten Kinder bestellen und Vorschuß zahlen?"

Jess reichte ihr ein Bündel Scheine.

„Im Ernst, Frauchen, es ist schrecklich wenig – aber darf ich dir nicht mit den Anfangsausgaben ein ganz klein bißchen unter die Arme greifen?"

„Aber Jess – Liebster – kannst du das auch – du brauchst doch all dein Geld selber so nötig . . .“

„Dies kann ich. Es ist das Honorar für die beiden Bandaufnahmen. Die Flugkarte schaffe ich mit dem Honorar von Schön-Jeanne – eh bien!“

Anne hielt die Scheine in der Hand – es waren fünfhundert Kronen. Es war seltsam und ungewohnt, daß sie diejenige war, die etwas annehmen sollte. Bisher hatte Anne sich für das Geld immer abrackern müssen – es war so furchtbar selten, daß sie etwas bekommen hatte, ohne etwas dafür zu leisten.

Aber es war doch ein herrliches Gefühl. Dies Gefühl, daß sie zu zweit waren – zwei, die zusammenarbeiteten, die das Risiko gemeinsam auf sich nahmen, eine Enttäuschung, wenn sie käme, zusammen zu tragen, und die sich über einen Erfolg, wenn er sich einstellte, zusammen freuen würden.

„Danke, Jess – mein Liebster. Ich kann das Geld brauchen – und ich freue mich mächtig darüber.“

„Vergiß aber nicht, daß du mir zwölf Kinderjäckchen schuldig bist“, sagte Jess.

„Kein Bedarf“, sagte Anne. „Ich glaube beinahe, deine Kinder werden mit Läusejacken auf die Welt kommen . . .“

„Läuse – hast du Läuse gesagt?“ Jess machte ein Gesicht, als traute er seinen eigenen Ohren nicht.

„Aber lieber Jess“, schmunzelte Anne. „Wirst du etwa behaupten, daß du fünf Monate mit mir verheiratet gewesen bist, ohne den Ausdruck Läuse kennenzulernen? ‚Läuse‘ bedeuten die vereinzelten Maschen, die über die ganze Jacke gestreut sind – schwarze Läuse auf Weiß oder weiße Läuse auf Schwarz . . .“

„Wie kann ich das nun wissen!“

„Jetzt weißt du es aber! Und ich habe zur Zeit Kopf und Seele voll Läuse . . ." „Träumst du etwa auch von Läusen?" fragte Jess. „Das bedeutet nämlich Geld!"

„Ja – aber *die* Läuse nicht", sagte Anne und schlüpfte in ihr Nachthemd.

Es dauerte lange, bis sie einschliefen.

Anne lag mit dem Kopf auf Jess' Arm, und sie sprachen leise über die Zukunft, über das Risiko, über ihre Hoffnungen und ihre Erwartungen – Anne war in dieser letzten Woche zuversichtlicher gewesen denn je, da sie die ganze Zeit ihren Mann um sich gehabt hatte. Sie redeten über Strickmuster und Sonaten, über Stricknadeln und Taktstöcke, über Noten und Reklameschilder, über Ladeneinrichtungen und Konzerte.

Dann stockte die Unterhaltung allmählich, denn es war spät, und im Hause wurde es still, Jess und Anne waren ganz für sich allein und fühlten gegenseitig ihre Nähe und spürten bebend, überwältigend gegenwärtig, daß sie einander liebten und einander mit jedem Gedanken und jedem Nerv angehörten.

Die Nacht breitete ihre weiche Dunkelheit über sie aus.

Das Geschäft blüht

„Eva, rate! *Rate*, wieviel ich verkauft habe!"

Glühend rot und außer Atem stand Anne da, müde nach einem langen Tag, aber mit strahlenden Augen.

„Ein paar Fausthandschuhe auf Kredit", lachte Eva.

„Du bist wohl nicht ganz – von wegen Kredit –, aber mit Fausthandschuhen hast du recht. Fausthandschuhe mit Namen werden zu Weihnachten der große Schlager werden, genauso wie vor tausend Jahren in der ,Modellstrickerei'. Eva, ich habe drei Jacken und zwölf Paar Fausthandschuhe verkauft und ich habe für Weihnachten Bestellungen auf vierzehn Paar mit Namen bekommen – und eine Dame, die wer weiß wie fein aussah und in einem phantastischen Wagen ankam, hat eine Jacke aus handgesponnener Wolle bestellt – und sie erkundigte sich, wo man solche silbernen Knöpfe bekommen könne, wie ich sie an meiner eigenen Jacke habe, und ich sagte ihr, die hätte ich von meiner Urgroßmutter geerbt – und sie sagte, ich müßte sie von einem Silberschmied kopieren lassen, so daß ich die Kunden, die silberne Knöpfe möchten, befriedigen kann – aber Eva, ich muß sofort Tante Modesta anläuten, welche Nummer hat sie doch gleich ..."

Eva strahlte über das ganze Gesicht. Noch nie hatte sie Anne so lebhaft gesehen, noch nie war ihre Schwiegertochter so gesprächig gewesen. Jetzt hing sie schon am Telefon.

„Du, Tante Modesta, hör mal. Du sagtest doch, Fräulein Holmgrens Spezialität seien Daumen, nicht wahr? Also sie ist Spezialistin in Fausthandschuhen? Sie muß Fausthandschuhe am laufenden Band machen, aber ohne verschränkten Rand, ja, ganz recht, ohne verschränkt gestrickten Rand. Und weiter, Tante Modesta – gibt es nicht jemanden, der die Ränder für sich stricken kann? Nur zwei rechts, zwei links, das kann ja ein neugeborenes Kind. Ja eben. Und ich bekomme dann die verschränkt gestrickten Ränder und die randlosen Fausthandschuhe in den Laden, und dann stricke ich auf Bestellung Namen hinein und füge sie aneinander. Und du, Tante – nein, warte, da ist noch mehr – sag doch Fräulein Holmgren, daß sie vor allen Dingen

Damenhandschuhe stricken möchte, normale Größe, nach denen wird am meisten gefragt – und Tante, glaubst du, du könntest einige Herrenfausthandschuhe übernehmen? Nehmt vorläufig die Muster, die ihr habt, im Laufe der nächsten Tage bekommt ihr neue. Und wenn du noch mehr Frauen kennst, die stricken möchten ..."

Annes glühender Eifer steckte an. Diese alten Damen, die untätig herumgesessen und sich mit Blumenpflege und Kartenspielen die Zeit vertrieben hatten, hier und da auch mit etwas Handarbeiten, sie fühlten sich plötzlich wichtig und unentbehrlich. Die Stricknadeln klapperten, und die Unterhaltung ging lebhaft, und sogar das alte, halbblinde Fräulein Hammerstad, die jahrelang nichts anderes hatte tun können, als Topflappen zu stricken, saß selig da und strickte zwei rechts, zwei links – es war ihr Los geworden, „verschränkt gestrickte Ränder ohne Handschuh" zu strikken.

Tante Adethe war nicht umsonst ehemalige Lehrerin. Sie organisierte das Damenstift, wie sie in früheren Zeiten die Arbeit in ihren Klassen organisiert hatte. Sie ging vom einen zum andern und kontrollierte die Arbeit und gab gute Ratschläge. Die alten Damen saßen und rechneten und zählten zusammen, wieviel sie bis Weihnachten verdienen könnten –: in diesem Jahr wollten sie ihren Verwandten Geschenke machen, die von selbstverdientem Geld gekauft waren.

Es stellte sich heraus, daß der Zeitpunkt für die Geschäftseröffnung gar nicht übel gewählt war. Das große Schild im Fenster: „Weihnachtsbestellungen werden jetzt entgegengenommen", tat das Seine. Und Anne war im Grunde froh, wenn die Kunden etwas bestellten und nicht nur über den Ladentisch kauften, ihr Lager war sehr zusammengeschmolzen, es mußte so schnell wie möglich wieder aufgefüllt werden.

Anne rackerte sich ab wie ein Kuli. Das schlimmste war, daß sie keinen Augenblick das Geschäft verlassen konnte – abgesehen von der kurzen halben Stunde, wenn Frau Askelunds kleine Sekretärin von der Redaktion zu ihr herunterkam. „Frau Askelund läßt fragen, ob Sie heraufkommen und mit ihr Tee trinken möchten, ich soll inzwischen auf den Laden aufpassen."

Diese kurze halbe Stunde war für Anne Gold wert. Dann spannte sie aus und unterhielt sich mit Frau Askelund über alles andere, nur nicht über Journalistik oder Stricken. So kam es, daß die beiden sich mit der Zeit gut kennenlernten, und zwar auf ganz und gar menschlicher Grundlage. Frau Askelund konnte nicht müde werden, von Annes bewegter Schulzeit zu hören mit Hausarbeit und Stricken und Bedienen bei Diners, und sie wollte gern die Bilder von der Möwenbucht sehen.

Lange saß sie vor einem Bild von Mutter Kristina und schaute es an.

„Was hat Ihre Mutter doch für ein wunderbares Gesicht, Frau Daell", sagte sie. „Die möchte ich wirklich gern einmal kennenlernen."

„Das werden Sie auch sicher", versprach Anne. „Es steht auf meinem Programm – sobald ich es mir einigermaßen leisten kann, werde ich sie hierher einladen. Das heißt, natürlich erst, wenn ich eine eigene Wohnung habe!"

„Und das wird zum Frühjahr sein?"

„Ja, so hatten wir es uns gedacht. Wenn ich bis dahin nur genug Geld zusammenkratzen kann . . ."

„Wir werden weiterhin Reklame für Sie machen", sagte Frau Askelund.

Sie wußte aus Erfahrung, was es hieß, sich abzurackern. Sie hatte bei einer Zeitung als Volontärin von der Pieke auf gearbeitet, hatte sich mit zäher Geduld 'raufgearbeitet, war befördert worden und hatte zuletzt eine recht gute Stellung an einer Tageszeitung gehabt – „Reportagen und Interviews waren meine Spezialität", erklärte Frau Askelund. Dann heiratete sie einen Belgier und wurde zwei Jahre später Witwe.

„Ich glaube, meine Ehe wäre früher oder später in die Brüche gegangen, wenn mein Mann nicht gestorben wäre. Es ist so merkwürdig, wenn man in eine fremde Sprache hineinheiratet, um es einmal so auszudrücken", sagte Frau Askelund. „Ich bin im Französischen gar nicht auf den Kopf gefallen, das war es gar nicht – aber trotzdem – nie seine eigene Sprache sprechen zu können, nicht einmal, wenn man fürchterlich wütend oder sehr glücklich ist! In jeder Lebenslage seine Gefühle übersetzen zu müssen – es ist ein wahrer Nervenverschleiß. Es heißt so wunderschön, wenn man sich sehr liebt, dann sind Worte überflüssig. Aber wenn etwas nicht stimmt, dann ist es das! Es ist der reinste Humbug. Sobald sich nämlich Schwierigkeiten einstellen, die man durch eine vernünftige Aussprache überwinden könnte – und man hat auch die klarsten Beweggründe für alles – und soll dann übersetzen, dann fühlt man, wie ungeschickt man ist; man kann nicht genau sagen, was man meint – es ist zum Verrücktwerden! Ich behaupte, diese Sprachhindernisse waren mit die Ursache dafür, daß meine Ehe von Anfang an nicht harmonisch war."

„Ich verstehe das", sagte Anne. „Wenn ich daran zurückdenke, wie schwerfällig ich oft im Deutschen war, als wir in Salzburg waren – sich vorzustellen, daß ich mit meinem Mann in einer fremden Sprache verkehren müßte – nicht auszudenken!"

„Es *ist* auch furchtbar", sagte Frau Askelund. „Ich finde, es macht ausgesprochen Spaß, fremde Sprachen zu sprechen, ich liebe es, im Ausland zu reisen – aber es ist immer herrlich, wieder ins eigene Land zurückzukehren! Ich habe es richtig genossen, mich im Dänischen zu tummeln, als ich nach Hause zurückkam und hier an der Zeitschrift einen Posten als Redaktionssekretärin antreten konnte."

„Ach, Sie haben als Sekretärin angefangen?"

„Ja, und vor anderthalb Jahren wurde ich Redakteurin. Es stellte sich heraus, daß mir diese Arbeit lag, ich griff sie richtig an, und es ist nicht von der Hand zu weisen, daß die Zeitschrift gut geht. Sie geht sogar ganz unerhört gut, um es gerade heraus zu sagen."

„Ich brauche also kein schlechtes Gewissen zu haben, weil Sie mich für das bißchen Arbeit, das ich für Sie tue, so fürstlich bezahlen?" lächelte Anne.

„Nein, ich bitte Sie, sparen Sie sich Ihr schlechtes Gewissen für eine andere Gelegenheit. Möchten Sie noch mehr Tee?"

In diesem Augenblick kam das junge Mädchen von Annes Laden herauf:

„Entschuldigen Sie, Frau Daell – ich glaube, Sie müssen eben mal ins Geschäft kommen, Baronin Hegerstedt möchte Sie sprechen."

„Großer Gott", rief Frau Askelund aus, „haben Sie nun schon so vornehme Kunden? Also, dann laufen Sie schnell!"

Hilf, Himmel, dachte Anne. Hegerstedt, das ist ja die mit

den silbernen Knöpfen – und ich habe sie nur einfach gnädige Frau genannt und weiter nichts.

Die Baronin gab eine große Herrenjacke in Auftrag, und sie legte mit Stolz einen Satz alter, echter, silberner Knöpfe auf den Ladentisch.

„Die habe ich bei einem Antiquitätenhändler gefunden", erzählte sie Anne. „Ich stöbere mit Vorliebe in solchen Läden herum. Soll ich Ihnen Bescheid geben, wenn ich mal wieder so was finde?"

„Das wäre sehr liebenswürdig, Frau Baronin", sagte Anne. „Ich würde gern selber durch die Antiquitätenläden laufen, aber ich bin ja hier so gebunden . . ."

„Ja gewiß, das verstehe ich. Aber ich werde an Sie denken, Frau Daell, wenn ich zufällig etwas finden sollte. Ja, richtig, ich will ja ein Weihnachtspaket nach USA schicken – haben Sie vielleicht Kinderfäustlinge, Frau Daell . . .?"

Anne mußte sich in den Arm kneifen. Es ging tatsächlich viel besser, als sie je zu hoffen gewagt hatte.

Doch anstrengend war es, und sie wünschte sich oft, jemanden zu haben, der sie ablösen konnte. Aber eine Hilfe mit festem monatlichem Gehalt anzustellen, traute sie sich nun doch nicht. Noch nicht.

Eines Nachmittags brachte Tante Adethe ein Riesenpaket mit fertigen Sachen. Anne zählte und räumte ein und zahlte Tante Adethe in bar aus.

„Kannst du es aber auch, Anne?" fragte die Tante besorgt.

„Aber natürlich kann ich es, Tantchen! Magst du etwas Wolle mit nach Hause nehmen, oder hast du viel zu schleppen?"

„Immer her damit, mein Kind."

Während Anne die Wolle einpackte, kamen drei Kun-

98

den zugleich, und sie mußte Tante Adethe bitten, etwas zu warten. „Höre mal", sagte die Tante, als die Kunden abgefertigt waren. „So geht das aber nicht. Du brauchst Hilfe. Wo kann ich meine Sachen hinhängen?"

Tante Adethe stand drei Stunden hinter dem Ladentisch und war vorzüglich zu brauchen. Sie war vernünftig und geschäftsmäßig und ein Genie, wenn es galt, Summen zusammenzurechnen. Wenn sie ein Paar Herrenfausthandschuhe, zwei Paar Damenfausthandschuhe und ein Paar Sportstrümpfe verkaufte, rechnete sie im Nu alles zusammen wie die beste Rechenmaschine und verrechnete sich nie dabei.

„Wieso kannst du das so gut, Tante?" fragte Anne, die immer Papier und Bleistift zu Hilfe nehmen mußte.

„Ich habe vierzig Jahre lang Rechenunterricht gegeben, mein Kind", sagte Tante Adethe.

Die Tür wurde geöffnet, und Tante Adethe wandte sich mit einem so formvollendeten Verkäuferinnenlächeln an die Kundin, daß man hätte meinen können, sie habe vierzig Jahre hinter einem Ladentisch gestanden und nicht hinter einem Lehrerpult.

„Bitte, gnädige Frau?"

Es war nicht so einfach, von Tante Adethe loszukommen, ohne etwas zu kaufen. Denn sie hatte zwar die ganze dänische Liebenswürdigkeit und Höflichkeit in ihrem Wesen, aber sie hatte auch die Würde einer Lehrerin an sich. Und diese Würde trieb unschlüssige Kunden dazu, sich zu entschließen, und diese Würde regte zielbewußt die Kundinnen an, statt einer gewöhnlichen Jacke mit einem kleinen gemusterten Rand eine sehr viel teurere zu wählen, die von oben bis unten im Muster gestrickt war.

„Tante Adethe, ich wünschte, ich könnte dich fest anstellen!" seufzte Anne.

„Das kannst du doch, Kind", sagte Tante Adethe. „Ich komme von jetzt ab von eins bis fünf Uhr täglich. Bis Weihnachten. Das ist mein Beitrag zu deinem Geschäft – du tüchtige kleine Anne!"

Die Tage flogen dahin, mit rastloser Tätigkeit angefüllt. Anne hatte angespannt zu tun und wurde schmal, auch wenn Eva sie noch so gut fütterte und Tante Adethe sie noch so oft für eine halbe Stunde aus dem Geschäft jagte. Jetzt nahm sie nicht nur rasch eine Tasse Tee bei Frau Askelund zu sich, sondern ein regelrechtes zweites Frühstück, das Eva ihr im Thermosbehälter mitgab. Anne merkte, wie gut ihr das tat. Aber dünn blieb sie trotzdem, es kam wohl daher, daß sie den ganzen Tag über so viel stehen mußte.

Aber es kam ja auch vor, daß einmal längere Pausen dazwischen lagen, und dann saßen Anne und Tante auf ihren Hockern hinter dem feinen Ladentisch mit all dem vielen Glas und strickten um die Wette.

Anne stellte mehr Heimarbeiterinnen ein. Sie wollte unbedingt nur handgestrickte Ware liefern, so verlockend es auch sein mochte, etwa die rechts und links gestrickten Ränder mit der Maschine machen zu lassen. Aber nein, das gibt es nicht, dachte Anne bei sich. Handarbeit blieb Handarbeit. Diese alten norwegischen Modelle, die in Bauernstuben mit niedrigen Decken entstanden waren, die zum ersten Mal von rauhen, verarbeiteten Frauenhänden im Feuerschein vom Kamin oder bei einem Talglicht gestrickt worden waren – die hatten nichts mit Maschinen zu schaffen! Sie sollten die Weichheit, die Wärme, das lebendige Gepräge haben, das nur lebendige Hände ihnen zu geben vermochten.

Wie hatte Frau Askelund doch recht gehabt, als sie sagte: „Senken Sie keinesfalls die Preise!" Ja, Anne war allerdings gezwungen, den Rat zu befolgen, denn billig war es nicht, diese Dinge herstellen zu lassen. Und sie wollte mit dem Lohn für die Strickerinnen nicht kargen. Eine ordentliche Arbeit sollte auch ordentlich bezahlt werden – und das tat Anne.

Jetzt, da das Weihnachtsfest herannahte und ihre Strikkerinnen Geld nötig hatten, waren sie schnell bei der Hand mit der Ablieferung der fertigen Arbeiten. Anne unterzog jede einzelne Arbeit einer kritischen Begutachtung. Makellos mußte alles sein, was von der strengen Chefin der Firma „Norwegische Strickarbeiten" anerkannt werden sollte. Und makellose, schön gestrickte Sachen wurden von der Chefin persönlich mit dem kleinen Warenzeichen auf der Innenseite ausgestattet – dem stolzen kleinen Zeichen, das für Qualität und Ausführung garantierte: Norwegische Strickarbeiten. Anne Daell.

„Nun, Annelein", sagte Eva eines Abends. „Ist das Ergebnis befriedigend?"

Anne hatte die Abrechnungsbücher vor sich und das ganze Bargeld in der Geldkassette neben sich. In der Kassette lag auch ihr Scheckbuch. Ja, Anne hatte es so weit gebracht, daß sie ihr erstes Geld auf die Bank tragen konnte. Zum erstenmal in ihrem Leben besaß sie ein Scheckbuch.

Sie sah einen Augenblick auf.

„Ja, Eva – es ist so zufriedenstellend, daß ich meinen

eigenen Augen nicht trauen mag. Eva, wie geht es nur zu, daß ein Mensch so viel Glück haben kann? Ich weiß schon, was du sagen willst, ich lächele und bin nett, und dann sind die Leute ebenfalls nett und kaufen bei mir – aber trotzdem, Eva! Trotzdem!"

„Du rackerst dich doch aber wahrlich genug ab für das Geld, Annekind", meinte Eva. „Du siehst im Gesicht aus wie ein Gespenst. Nur gut, daß Jess dich so nicht sehen kann."

„Ach, das wird schon wieder werden", erwiderte Anne. „Entschuldige mich, Eva, aber ich muß das hier jetzt fertig machen . . ."

Und Anne rechnete weiter. Ihre ganze Buchhaltung mußte sie abends zu Hause bewältigen.

Sie selbst strickte fast gar nicht mehr. Sie entwarf Muster und machte nur eben die Namen für die bestellten Fausthandschuhe – das waren fünf Reihen je Handschuh, und dafür brauchte eine Anne zwanzig Minuten – alles übrige mußten die Strickerinnen schaffen. Anne hatte mit den Schreibereien und den Abrechnungen genug zu tun und mit dem Entwerfen der Muster. Denn sie mußte immer einen Vorrat an Mustern haben für diejenigen, die Originalarbeiten bestellten mit der Garantie, daß die Arbeit dann die einzige – unbedingt die einzige – in ihrer Art sei. In solchen Fällen mußten sich die Strickerinnen dazu verpflichten, die Arbeit niemand anderen sehen zu lassen; sie hatten die Verantwortung dafür, daß das Muster nicht kopiert wurde, solange die Jacke in Arbeit war.

Anne reckte sich und gähnte. Sie war schrecklich müde. „Eva, ich glaube ich muß in die Falle, ich . . ."

„Geh nur, mein Kind. Aber erst sollst du noch ein Glas

Milch trinken – und ich habe etwas Obst auf deinen Nachttisch gestellt."

„Du guter Schwiegerdrache!"

„Du unverschämte Göre! Mach, daß du ins Bett kommst, ich will dein abscheuliches Gesicht nicht mehr sehen . . ."

Sie lachten beide hellauf, Schwiegermutter und Schwiegertochter, und der „Schwiegerdrache" wurde herzlich und innig umarmt, ehe Anne sich in ihr Zimmer zurückzog.

Sie war müde – furchtbar müde – blieb aber dennoch ein Weilchen mit offenen Augen liegen. Ihr ging etwas im Kopfe herum, wozu sie sehr, sehr große Lust hatte: Sie hätte Jess zu gern eingeladen, Weihnachten nach Hause zu kommen – ihm die Fahrkarte zu schenken – sie konnte es tun – sie konnte es sich tatsächlich leisten – aber – aber – sie konnte ja nicht wissen, wie das Geschäft nach Weihnachten gehen würde – sie durfte sich vom Weihnachtsverkauf nicht berauschen lassen, der gab keinesfalls ein richtiges Bild von der Situation ab. Nach Weihnachten würde es sicher gewaltig abflauen. Nur gut, daß sie keine feste Hilfe angenommen und sich damit nicht noch mehr laufende Ausgaben auf den Hals geladen hatte. Sie würde sich wohl noch ein Weilchen allein behelfen müssen.

Aber anstrengend war es, das war gewiß. Anne seufzte. Eva war besorgt, weil sie so abgespannt aussah, und Anne hütete sich wohl, ihr zu verraten, daß sie in den letzten Tagen morgens vor Müdigkeit immer nahe daran gewesen war, sich zu übergeben.

Aber die Übelkeit gab sich immer, wenn sie aufgestanden und mit der Arbeit in Gang gekommen war. Genauso wie damals bei ihrer Schwägerin Liv, als diese . . .

Mit einemmal setzte sich Anne im Bette hoch.

Um alles in der Welt . . .

Sie hatte in der letzten Zeit so viel zu tun gehabt, daß überhaupt keine Zeit blieb, an sich selbst und ihr eigenes Befinden und ihren Körper zu denken. Jetzt aber begann sie zu überlegen – zu rechnen – zu zählen –

Du liebe Zeit . . .

War es *das?* War *das* der Grund, daß ihr so übel war?

Das war ja zum Verzweifeln – das war ja allen Absichten genau entgegengesetzt – Jess studierte in Paris – sie selbst wohnte bei den Schwiegereltern – sie hatten noch keine eigene Wohnung, hatten nicht einmal Möbel für eine Wohnung – es war schon ohnehin schwierig genug, sich durchzuschlagen und dann – dann sollte am Ende ein Kind kommen!

Ein Kind, mitten in all der vielen Arbeit, mitten in Geschäften und Studien – das war so wahnsinnig, daß es schlimmer gar nicht sein konnte.

Ein Kind, das Pflege und Wartung brauchte und Essen und Aufsicht und Kleidung und Kinderwagen und – nein, nein, es durfte nicht wahr sein! Sie irrte sich vielleicht doch!

Aber wenn es nun doch seine Richtigkeit hatte? Anne rechnete noch einmal nach. Es würde im Juli kommen. Ende Juli. In acht Monaten. Bis dahin war Jess wieder zu Hause. Längst wieder zu Hause. Bis dahin hatten sie eine Wohnung. Und vielleicht ging das Geschäft nach so viel Monaten so gut, daß Anne sich die notwendigen Ferien leisten konnte. Bis dahin – ach was, acht Monate waren eine lange Zeit, da konnte eine Menge geschehen – eine Menge wunderbarer Dinge konnte geschehen!

Anne löschte das Licht, legte sich wieder zurück und starrte in die Dunkelheit.

Natürlich müßte sie wünschen, daß es sich nicht so verhielt. Es würde selbstverständlich – *selbstverständlich* eine Erleichterung sein – eine große Erleichterung –, wenn es sich nicht so verhielte.

Annes ganze Vernunft hoffte inständig, daß es sich nicht so verhalten möge.

Aber es gibt im Menschen etwas anderes, das ist stärker als die Vernunft. Und dies andere trieb Anne dazu, die Hände zu falten und in der Dunkelheit vor sich hin zu flüstern:

„Lieber Gott, mach, daß es so ist . . .“

Weihnachten in der neuen Heimat

„Du – Eva!“

„Ja, Annekind?“

„Du – ich muß dich sprechen . . .“

„Deine Stimme klingt ja plötzlich mächtig kleinlaut! Da wirst du wohl was von mir wollen, kann ich mir denken!“

„Ja – das auch – und dann muß ich dir einen Schock versetzen.“

„Ach, wie freundlich, vielen Dank – aber ich komme auch ohne Schockbehandlung aus!“

„Du, Eva – hör mal – du hattest mir angeboten, zwei Ärmelschürzen für mich zu nähen . . .“

„Aha, nun drängst du schon, wie mir scheint? Du hast recht, mein Kind, ich schäme mich auch, daß ich es noch nicht getan habe. Blau sollten sie sein, nicht wahr, so hatten wir doch verabredet – und links in Weiß dein Warenzeichen eingestrickt? Mit langen Ärmeln?“

„Ja, ach ja, vielen Dank, Eva – und noch was – sie müssen – sie müssen ganz weit sein!"

„Weit? Wieso denn?"

„Sozusagen – auf Zuwachs – Eva ..."

Anne sah die Schwiegermutter von der Seite an. Ihr Ausdruck war beinahe ein bißchen schuldbewußt – aber die Augen leuchteten so seltsam, vor Glück vielleicht, vor Stolz, vor Triumph.

Eva sah sie an – und begriff.

„Anne!!!"

„Ja, Eva. So ist es!"

„Annekind – Annemädchen – du leichtsinniges Geschöpf – Haue solltet ihr beiden haben, Jess und du – aber Herrgott, Anne, wie herrlich schön! Wie ich mich freue! Nein, daß du mich wirklich zur Großmutter machen willst, Anne – wann ist es denn so weit? Laß mich doch mal sehen – im Mai? Vielleicht im April?"

„Nein, bist du toll? – Es ist nicht vor dem Juli – zum Glück!"

„Juli? Aber – ach Hergott!! Oh, dieser Schlingel, der Jess. Ja, das ist mir schon einer – behauptet, er komme nach Hause, um meinen Geburtstag mit mir zu feiern – dieser Strolch – und dann – und dann ..." Eva lachte, und in ihren Augen saß ein feuchter Schimmer.

„Möcht' mal wissen, was er sagt, wenn er das erfährt! Wenn er bloß nicht Hals über Kopf nach Hause gestürzt kommt, weil er meint, er müsse auf dich aufpassen."

„Nein, weißt du was, Eva – darüber wollte ich auch noch mit dir reden. Ich möchte vorläufig nicht, daß Jess es erfährt."

„Was soll das heißen? Was meinst du denn damit?"

„Genau das, was ich sage! Bedenke, was dies halbe Jahr für Jess bedeutet! Bedenke, daß er im Begriff ist, gerade jetzt seine ganze Zukunft aufzubauen. Nichts soll ihn dabei stören! Nichts soll ihn während dieser Zeit bei Maestro Martiani beunruhigen. Wenn Jess erführe, daß wir ein Kind bekommen, dann würde er sich meinetwegen tausenderlei Sorgen machen, und um die Zukunft ebenfalls, er würde daran denken, daß ich mich im Geschäft abarbeite und daß wir keine eigene Wohnung haben – wer weiß, vielleicht würde er seine ganze Ausbildung abbrechen und nach Hause kommen und sich nach irgendeiner geringeren Stellung als Dirigent bei irgendeinem kümmerlichen kleinen Orchester umsehen – und das darf er nicht! Er soll bei Maestro Martiani bleiben, bis der ihn in die Welt entläßt – ihn auf wirkliche Aufgaben losläßt. Jess soll jetzt nicht nach Hause gerast kommen und anfangen, Möbel einzukaufen und Geld für unsere Wohnung zusammenzuscharren. Verstehst du das, Eva?"

Eva legte ihre Hand auf Annes Arm.

„Gott segne dich, Kind", sagte sie leise. „Gott segne dich für alles, was du für meinen Jungen tust."

„Und Gott segne dich für alles, was du für meinen Mann tust", antwortete Anne, und das Glück sprühte ihr aus den Augen.

„Aber jetzt darfst du dich nicht verschnappen. Onkel Herluf!" sagte Anne und drohte ihm mit dem Zeigefinger.

„Mein Mund ist mit sieben Siegeln verschlossen!" sagte Onkel Herluf. „Aber eins will ich dir sagen, Anne. Wird's ein Junge, dann verbiete ich dir, ihn nach mir zu nennen. Ich verabscheue meinen Namen – Herluf!"

„Mir gefällt er, weil es deiner ist", sagte Anne. „Aber auch nur deshalb. Sonst könnte ich mir auch 'nen hübscheren denken. Aber dann nennen wir ihn also anders – aber weder Wolfgang Amadeus noch Johann Sebastian."

„Und wenn es ein Mädchen wird?" fragte Onkel Herluf.

„Dann ist der Fall sonnenklar", erwiderte Anne. „Meine erste Tochter wird, mit oder ohne Jess' Zustimmung, Eva Kristina getauft. Daß ihr es wißt!"

„Gut", erwiderte Onkel Herluf. „Nun bin ich nur noch gespannt, ob das Kind mich Großvater oder Opa nennen wird."

„Armer Onkel Herluf, was hast du aber auch für Sorgen", sagte Anne mitleidsvoll. „Wir wollen hoffen, daß es Zwillinge werden, Onkel Herluf. Dann kann der eine dich Großvater nennen und der andere Opa."

Onkel Herluf seufzte tief auf.

„Furchtbar", sagte er. „Und solch ein Mädel mit diesem schrecklichen Mundwerk kann einem so ans Herz wachsen!"

„Ja, ist es nicht zum Davonlaufen?" rief Eva.

„Familienfehler", sagte Anne trocken.

Von Jess kamen glückliche Briefe, die von Arbeit und Mühen und Erfolg und Fortschritt kündeten. Es war so gekommen wie Anne vorausgesagt hatte: Jess hatte einige Schüler, die ihm Maestro Martiani verschafft hatte. Und Jess hatte zweimal im französischen Funk dirigieren können. Er studierte und lernte und saß die halben Nächte auf und paukte Partituren auswendig, und war bei aller Arbeit glücklich.

„Genau dazu bin ich geboren", schrieb Jess begeistert. „Und ich denke tagtäglich mit Dankbarkeit an Euch drei zu

Hause, Euch drei wunderbare Menschen, die Ihr mir dies alles durch Eure Fürsorge ermöglicht."

„Da übertreibt Jess aber", sagte Anne. „Wenn er mich nicht geheiratet hätte, dann wäre er jetzt frank und frei und könnte ohne die geringsten Gewissensbisse all sein Geld für sich verbrauchen."

„Tja", sagte Onkel Herluf, „das weiß ich nun doch nicht so ganz. Wäret ihr noch nicht verheiratet, dann würde Jess sich wohl trotzdem anstrengen, Geld für Wohnung und Aussteuer zurückzulegen. Du mußt einsehen, Anne, daß du einen Einsatz leistest – nach allem zu urteilen, wirst du diejenige sein, die zu Anfang, wenn ihr einmal eine Wohnung habt, alle Ausgaben bestreitet."

„Ja, und noch eins, Onkel Herluf – wenn mein Geschäft wirklich so gut weitergeht, dann kann ich Jess auch für die Zukunft eine gute Stütze werden. Er braucht zum Beispiel nicht den ersten besten Posten als Dirigent in einem kleinen, lausigen Orchester anzunehmen – er kann sich Zeit lassen, er kann zum Beispiel auf eine Europatournee gehen, ehe er sich zu Hause niederläßt – er kann sich als ein freier Mann fühlen, der nicht daran zu denken braucht, Geld für die Miete und das tägliche Brot zu verdienen – wenn also, wie gesagt, das Stricken weiterhin so viel abwirft."

„Weißt du noch, Anne", fragte Onkel Herluf, „weißt du noch, was du damals aus Vestraat an mich schriebst? Ein bißchen weiß ich es noch auswendig. Du schriebst: ‚Jetzt mache ich diese Ausbildung durch! Sollte Jess nicht Geld genug zusammenkomponieren oder nicht ums tägliche Brot spielen oder dirigieren können, dann habe ich jedenfalls immer etwas, worauf ich zurückgreifen kann! Jess und ich wollen heiraten, Jess und ich werden eins – und da ist es doch wohl ganz schnurz, wer von uns beiden diese prächtige handelswirtschaftliche Ausbildung hat!"

Anne lächelte.

„Du hast ein gutes Gedächtnis, Onkel Herluf. Nun ja – habe ich nicht recht behalten?"

„Doch, Annelein. Aber deshalb muß ich ja doch sagen, ich hoffe und glaube, daß mein verwöhnter Herr Sohn sehr bald so weit kommt, daß er Frau und auch Kind ernähren kann!"

„Klar, daß er das kann! Aber ich werde mich selbst und meine Handelsausbildung immer als die wirtschaftliche Reserve in unserer Ehe ansehen – und du mußt doch zugeben, Onkel Herluf, daß es für einen Künstler gut ist, eine wirtschaftliche Reserve im Hintergrund zu haben!"

„Und dann noch dazu so eine Reserve!" meinte Onkel Herluf.

Weihnachten kam, und Anne genoß die freien Tage. Am Heiligabend übernahm sie still und selbstverständlich Jess' von alters her überliefertes Amt, den Teetisch zu decken und den Weihnachtsbaum anzustecken. Und als sie hinterher beieinander saßen und Weihnachtslieder im Radio hörten, summte sie mit; und dann sagte sie leise:

„Das erste Weihnachten im fremden Land ..."

„Ja, denk mal, Anne. Es ist das erste Mal, daß du Weihnachten außerhalb Norwegens feierst!"

„Ja. Und es ist das erste Mal, daß ihr Weihnachten ohne Jess feiert."

„Das ist es, ja. Aber weißt du ..." Eva war es, die das sagte, „wenn wir dich bei uns haben, dann ist es gleichsam, als hätten wir ein Stück von Jess da ..."

„Und was soll ich dann erst sagen", flüsterte Anne. „Ich, die ich einen kleinen Jess in mir trage – ach, Eva, weißt du – es ist natürlich leichtsinnig von mir, und es zeigt, daß ich nicht genügend Verantwortungsgefühl habe und unerlaubt optimistisch bin – aber ich freue mich so unbeschreiblich auf das Kind!"

Eva nickte. Ihr Blick war voller Verständnis.

Sie stießen mit selbstgemachtem Apfelwein auf Jess an, und dann tranken sie auf Mutter Kristinas Wohl. Anne schloß die Augen und versetzte sich im Geiste nach Möwenbucht. Jetzt war zu Hause der Baum angezündet, und jetzt packten sie das große Paket aus Kopenhagen aus, Mutter saß da und strich mit ihrer rauhen Hand über den weichen, warmen Kleiderstoff aus Angorawolle, und Liv und Tores Kinder spielten mit dem prachtvollen ausländischen Spielzeug. Und Liv stellte alle Gläser und Dosen fort, nachdem sie die bunten, fremden Etiketts eingehend gelesen hatten: Pfirsiche – Ananas – Aprikosen – dänischer Schinken – dänische Leberpastete – und die schüttelten die Köpfe und lächelten sich gegenseitig zu und sagten: Die Anne – die Anne – und ihre Schwiegereltern dazu!

Mutter Kristina würde den Brief mit den französischen Briefmarken auf dem Umschlag immer wieder von vorn durchlesen, und sie würde mit Andacht die feinen, gestickten Taschentücher betrachten, die Jess in den Brief gesteckt hatte – Anne hatte ihm dazu geraten, Taschentücher zu schicken, die brauchte Mutter Kristina, und sie hatte eine kleine Schwäche für alles, was zart und schimmernd weiß war.

„Wenn alles nach meiner Nase geht", sagte Anne, „dann *muß* Mutter zur Taufe herunterkommen!"

„Klar muß sie", sagte Eva. „Ich freue mich schon schrecklich drauf, sie wiederzusehen."

„Mir ist, als sähe ich euch beide Großmütter schon vor mir, wie ihr euch drum streitet, wer das Kind über die Taufe halten soll!" sagte Onkel Herluf schmunzelnd.

„O nein, da gibt's keinen Streit", lächelte Anne. „Mutter hat zwei Enkel über die Taufe gehalten, also muß sie auf diesen hier verzichten. Denn will ich nämlich selber tragen! – Aber den nächsten, den trägst du, Eva", beeilte sie sich hinzuzufügen.

Hoflieferant Anne

Nach Weihnachten war es im Geschäft stiller geworden. Nicht, daß Anne Anlaß gehabt hätte, mit dem Verkauf unzufrieden zu sein, er lief immer gleichmäßig weiter, und die Summe, die sie auf der Bank stehen hatte, schwoll von Woche zu Woche mehr an. Aber die wahnsinnige Hetze in der Zeit vor dem Fest hatte sich gelegt.

Aber für Anne gab es zwei Probleme, mit denen sie sich herumschlug. Auf die Dauer war es nicht durchzuführen, daß sie das Geschäft allein betreute. Jetzt kam Tante Adethe nicht mehr, sie hatte versprochen, in der Vorweihnachtszeit täglich vier Stunden mitzuarbeiten, und das hatte sie gehalten. Aber jetzt war Anne wieder allein.

Dann bekam sie ein junges Mädchen zur Hilfe. Es war die Enkelin der alten Frau Karstensen aus dem „Marie-Christine-Haus". Die kleine Birthe Karstensen war ein liebes und wohlerzogenes Mädel und machte einen zuverlässigen und fleißigen Eindruck. Das genügte Anne. Die

Fachkenntnis hatte sie selber, und mit der Zeit würde sich die kleine Birthe allerlei davon aneignen.

Das zweite Problem wog schwerer. Das betraf die Strikkerinnen.

In der Hetze vor Weihnachten war Anne vielleicht nicht wählerisch genug gewesen, wenn es sich darum handelte, Heimarbeiterinnen auszusuchen. Sie war selig gewesen jedesmal, wenn sich eine neue meldete.

Aber jetzt, nach dem Fest, wo die Strickerinnen nicht unbedingt so dringend Geld brauchten, büßten viele von ihnen das Interesse ein, und die halbfertigen Arbeiten trieben sich überall in den verschiedenen Strickkörben herum. Anne mußte mahnen.

Aber es kamen auch unangenehmere Dinge vor.

„Heute kam eins von den Mädels, die hätte ich erwürgen können", erzählte Anne, als sie ziemlich abgespannt vom Geschäft nach Hause kam. „Sie strickt anständig und hatte eine Sonderbestellung übernommen – mit meiner allerfeinsten Wolle aus der Möwenbucht – und ich mußte drängen. Und dann kommt sie doch tatsächlich mit der Jacke an und hat sie mit der Maschine zusammengenäht! Ich kann euch sagen, ich hatte eine Arbeit, um die Maschinennähte wieder aufzutrennen und die Schultern auseinanderzunehmen, denn ich mußte sie doch zusammenmaschen."

„Entschuldige, wenn ich danach frage", sagte Eva kleinlaut. „Wie muß denn eine ordentliche Jacke zusammengenäht werden?"

„Eva! Und du willst meine Schwiegermutter sein? Wie habe ich dich erzogen? Eine vorbildliche Jacke muß an den Seiten mit der Hand zusammengenäht werden – mit einem Faden vom Strickgarn und mit winzigkleinen Vorstichen!"

113

„Ich habe mal gelernt, daß solche Jacken mit einer runden Nadel gestrickt und hinterher auseinandergeschnitten werden müssen . . .", sagte Eva harmlos.

„Kommt bei mir nicht vor!" sagte Anne mit Entschiedenheit. „Die Jacken müssen Form bekommen durch richtiges Ab- und Zunehmen, sie dürfen nicht in eine Form geschnitten werden, so als seien sie aus Stoff. Man darf handgestrickte Sachen nicht als Meterware behandeln, wenn du verstehst, was ich damit meine."

„Ja, gewiß", sagte Eva ergeben. „Gottlob bist du nicht mein Chef, Anne!"

Die mit der Maschine zusammengenähte Jacke war trotzdem eine Kleinigkeit im Vergleich zu dem, was einen Monat später kam.

Annes gute und getreue und sehr wohlhabende Kundin, die Baronin Hegerstedt, fuhr eines Tages mit ihrem Wagen vor der Firma „Norwegische Strickarbeiten" vor. Ganz gegen ihre Gewohnheit lächelte sie nicht strahlend, als sie eintrat.

„Frau Daell", sagte sie, und ihre Stimme kündete Unheil an. „Als ich meine Jacke bei Ihnen bestellte, garantierten Sie mir, daß das Muster einmalig sei und nur dies eine Mal verwendet werde?"

„Ja, unter allen Umständen", sagte Anne. „Wie war es doch gleich – welches Muster hatten Sie – ach ja, jetzt weiß ich, es war das Kleemuster – ich hatte es für Frau Baronin eigens entworfen, und ich habe es vernichtet, als die Jacke fertig war."

„Wollen Sie mir dann freundlichst erklären", sagte die Baronin und öffnete ein Paket, „wollen Sie mir freundlichst erklären, wie das hier zusammenhängt?"

Sie holte eine Jacke heraus aus gebleichter, maschinengestrickter Wolle, eine Jacke, der man ansah, daß sie auf der Maschine gestrickt war. Eine billige Jacke im Vergleich zu Annes Modellen – aber ein Zweifel war nicht möglich: Die Musterbänder um die Taille, an den Schultern und auf den Ärmeln waren nach Annes ureigenstem Kleemuster gearbeitet.

„Frau Baronin, ich bin ganz ebenso entsetzt wie Sie – dies ist ein Skandal – aber hier bei mir ist es nicht geschehen, darauf kann ich Ihnen mein Ehrenwort geben!"

Die Baronin klappte wortlos einen Zipfel der Jacke um. Auf der linken Seite war klar und deutlich Annes Warenzeichen zu lesen.

Anne erblaßte.

„Ich wiederhole, dies ist nicht bei uns geschehen! Selbstverständlich werde ich unverzüglich dafür sorgen, daß Frau Baronin eine neue Jacke bekommt, und ich werde sie persönlich stricken, aber ich wäre Ihnen außerordentlich dankbar, wenn Sie mir behilflich sein könnten, diese Sache aufzuklären! Es muß eine meiner Strickerinnen gewesen sein – wer sonst hätte die Möglichkeit, ein Firmenschild bei mir zu entwenden? Würden Sie mir behilflich sein – und würden Sie so gut sein und mir sagen, wie Sie zu dieser – dieser Mißgeburt gekommen sind?"

Die Baronin sah schließlich ein, daß Anne wirklich unschuldig und viel verzweifelter war als die Baronin selber.

Nun ja, die Jacke habe sie zufällig eines Tages in ihrer Küche hängen sehen. Sie habe die Hausgehilfin gefragt, ob sie ihr gehöre. Nein, aber einer Kusine von ihr, die gerade in ihrem Zimmer drinnen sitze. Die Kusine habe die Jacke von einem jungen Mädchen gekauft, die sie als eine echte

115

„Anne-Daell-Jacke" bezeichnete, und sie habe hundertzwanzig Kronen dafür gegeben.

„Aber wer – von wem – wer war denn das junge Mädchen?"

„Das wußte sie nicht mehr – sie habe sie zufällig kennengelernt, sie habe bei irgendwelchen Leuten, wo sie auch zu Besuch war, gesessen und gestrickt – sie wußte nur noch, daß das junge Mädchen schwarze Ponies trug . . ."

„Dann war es die Strickerin selber!" rief Anne jetzt aus. „Einen Augenblick, Frau Baronin – dann werde ich sie gleich haben – ich weiß ja, wer die verschiedenen Sachen gearbeitet hat. Da wollen wir mal sehen – es war Ende November, nicht wahr?" Anne suchte fieberhaft in einem Buch, in dem alle Strickerinnen eingetragen waren, mit einer Liste von allen Aufträgen, die jede einzelne bekommen und von dem, was sie geliefert hatte. „Da ist sie schon: dreiundzwanzigster November, Jacke in Kleemuster. Baronin Hegerstedt – und dann war sie ein paar Minuten allein im Laden, sie hat hier aufpassen sollen, während ich – eh – da hat sie dann die Gelegenheit benutzt und ein Firmenschild an sich gebracht!"

Jetzt, als sich alles klärte, war die Baronin völlig besänftigt und ebensosehr daran interessiert, die Sache aufzuklären, wie Anne.

„Darf ich die Jacke hierbehalten?" fragte Anne. „Ich brauche sie, um sie der Heimarbeiterin vorzulegen, wenn sie kommt. Und können Frau Baronin mir Namen und Adresse der Eigentümerin verschaffen? Mit ihr muß ich mich ja einigen!"

Aber natürlich. Name und Adresse des Mädchens wurden aufgeschrieben.

Dann gab es eine Auseinandersetzung mit der Strickerin, die nicht einsehen wollte, daß es so etwas Gefährliches sei, eine Jacke nachzuarbeiten – „Lieber Gott, ein Strickmuster, das ist doch kein Modell von Dior – und das harmlose Firmenschildchen – du liebe Güte, das tun doch so viele, daß sie das Schild einer vornehmen Firma in ein weniger vornehmes Kleidungsstück nähen, das macht doch gewissermaßen mehr her . . .“

Anne ließ sich auf keine Erörterungen ein, sie ergriff eine Schere und trennte das Schild heraus. Dann schnitt sie gelassen alle Nähte auseinander und trennte die Jacke auf.

„Bitte“, sagte sie dann. „Das Muster gehört mir, das habe ich Ihnen jetzt weggenommen. Die Wolle ist von Ihnen, die bekommen Sie zurück. Sie haben über hundert Kronen für eine maschinengestrickte Jacke genommen, die höchstens vierzig Kronen wert ist. Sie können es also durchaus bezahlen, sie noch einmal stricken zu lassen – aber nicht in einem Muster von meiner Firma! Es ist Ihre Sache und nicht die meine, wie Sie mit der Kundin auseinanderkommen, die Sie hinters Licht geführt haben. Guten Morgen!“

Damit war Anne um eine Heimarbeiterin ärmer und um eine bittere Erfahrung reicher.

Die Baronin Hegerstedt lachte herzlich, als sie das Ende der Geschichte hörte, und sie nahm Abstand davon, eine neue Jacke zu verlangen. Ihr gefalle das Kleemuster so außerordentlich gut, behauptete sie – und jetzt sei sie ja sicher, daß sie es nirgendwo wiedersehen werde!

Die Wochen gingen in stetiger Arbeit dahin.

Als Ostern herannahte, war im Geschäft deutlich ein Aufschwung zu spüren. Anne war glücklich und erleichtert,

117

als sie Telefon ins Geschäft legen lassen konnte; das hatte sie sehr entbehrt. Und nun ließ sie sich kleine Karten drukken mit dem Firmennamen und ihrem eigenen Namen und der Telefonnummer der Firma darauf und Onkel Herlufs Nummer unter „privat".

„Wir machen uns, wir machen uns", sagte Onkel Herluf. „Jetzt warte ich nur noch darauf, daß du vom Kaiser von Japan und vom Schah von Iran Bestellungen bekommst."

Onkel Herluf ahnte nicht, daß er mit diesen Worten sozusagen etwas „berief".

Zwar erschien nicht der Schah von Iran in „Norwegische Strickarbeiten"; statt dessen kam aber eines Tages Frau Askelund atemlos herein, nicht vom Innern des Hauses, sondern geradewegs von der Straße.

„Frau Daell, Sie müssen Fräulein Karstensen die Baroninnen bedienen und sich eine Weile mit den Strickerinnen herumschlagen lassen! Packen Sie Ihre schönsten Muster und ausgesuchtesten Jacken in einen Koffer – wenn Sie keinen haben, dann können Sie sich bei mir oben einen ausleihen – und seien Sie Punkt drei Uhr im Hotel d'Angleterre!"

„Denke nicht daran", sagte Anne. „Wenn die Leute es sich leisten können, im Hotel d'Angleterre zu wohnen, dann können sie es sich auch leisten, hier mit dem Wagen vorzufahren. Sie sollen sich ruhig herablassen und die Modelle hier im Geschäft ansehen!"

„Junge Frau", sagte Frau Askelund. „Sie haben gar keine Ahnung, wovon Sie reden. Tun Sie, wie ich Ihnen geraten habe, stecken Sie die Nase in die Luft und lassen Sie sich vom Portier in der Fürstensuite melden!"

„Wo?" fragte Anne und traute ihren Ohren nicht.

„In der Fürstensuite, habe ich gesagt. Sie sollen Ihre aus-
erlesensten Sachen Her Highness Princess Suya of Orissa
vorlegen!"

„Oööh . . ." machte Anne.

„Ganz recht, ja", lachte Frau Askelund. „Ich komme geradewegs von der Prinzessin, sie ist ein winziges Geschöpf,
so groß nur –" Frau Askelund hielt die Hand anderthalb
Meter über den Fußboden – „ich habe mir ein Interview
mit ihr erschlichen über die Stellung der indischen Frau in
der menschlichen Gesellschaft von heute – und zu Ihrem
Glück hatte ich mein Weihnachtsgeschenk von Ihnen an,
und . . ."

„. . . und nun wollen Sie mir einreden, die Prinzessin wolle
norwegische Wolljacken in Indien einführen?"

„Nein, aber ihr Sohn studiert in Oxford, und der will
vierzehn Tage in die Berge fahren zum Skilaufen! Geht
Ihnen jetzt ein Talglicht auf?"

„Ja", sagte Anne, und das Herz schlug ihr bis zum Halse.

„Und ich will hoffen, daß der Prinzessin auch eins auf-
geht, wenn sie sich meine Sachen näher besieht!"

„Ein Sohn ist also auch vorhanden", sagte Frau Askelund.
„Mit kaffeebrauner Haut, schwarzen Augen, gefährlich für
den Herzensfrieden. Zwanzig Jahre alt. His Highness
Prince Dayalshee of Orissa."

„Darf ich mich an Ihnen festhalten?"

Noch nie hatte Anne sich so gefreut, einen Biberpelz zu
besitzen, wie jetzt. Anderthalb Jahre lang hatte er unbe-
nutzt im Schrank gehangen – sie hatte ihn von einer Freundin geerbt, von Britt, die vor zwei Jahren bei einem Auto-
unglück um Leben gekommen war. Erst jetzt hatte Anne

es gewagt, ihn anzuziehen. Ein Biberpelz war für eine bescheidene kleine Handelsschülerin nicht das Richtige gewesen, und auch auf Möwenbucht war er nicht am Platz. Aber er war ganz das Richtige für eine selbständige Geschäftsfrau in Kopenhagen, und er war so unbedingt das Richtige, wenn die selbständige Geschäftsfrau in der Fürstensuite des „Angleterre" bei einer leibhaftigen indischen Prinzessin mit reizendem Sohn auftreten sollte!

Anne suchte die schönsten Modelle heraus, die sie im Geschäft vorrätig hatte, und sie segnete die Baronin Hegerstedt, die ihr drei Sätze alter silberner Knöpfe verschafft hatte – teuer waren sie gewesen, aber jetzt freute sich Anne, daß sie sie hatte.

Und dann zog sie mit laut pochendem Herzen los, um vor dem Angesicht einer waschechten Königlichen Hoheit zu erscheinen!

Sie stand vor der Portierloge im „Angleterre", zeigte ihre Karte vor und bat, zu Ihrer Kgl. Hoheit, der Prinzessin von Orissa geführt zu werden. Vier, fünf Gäste, die ganz in der Nähe standen, drehten sich nach ihr um, als hinauftelefoniert wurde und die Bestätigung kam, ja allerdings, Frau Daell werde erwartet – und sie blickten alle Anne nach, als ein Boy sie zum Aufzug führte und nach oben begleitete.

Es waren keine zwei Minuten vergangen, da wußten sowohl diese vier, fünf Gäste als ebenso viele andere, daß die Dame, die soeben in das Fürstenzimmer hinauffuhr, Frau Anne Daell war, die Inhaberin des Geschäfts „Norwegische Strickarbeiten".

Was nützte es schon, daß der Portier die Diskretion in Person war, wenn ein Gast, der neben Anne gestanden hatte, lange, neugierige Blicke auf die Karte warf, die sie vorgezeigt hatte?

Ein junges Mädchen, die Anne für die Kammerzofe hielt, nahm sie in Empfang. Anne wurde gebeten, in einem kleinen Salon einen Augenblick zu warten, und die Zofe verschwand. Gleich darauf kam sie zurück.

„Her Royal Highness läßt bitten."

Im nächsten Zimmer saß eine schlanke, puppenhafte Gestalt in einem tiefen Lehnsessel. Anne hatte Geistesgegenwart genug, einen tiefen Knicks zu machen.

Die kleine Puppe lächelte – das Gesicht sah keineswegs jung aus, die Prinzessin zeigte deutlich die Neigung ihrer Rasse, frühzeitig zu altern. Aber das Lächeln war jung und schön.

„Sprechen Sie Englisch?" – ihr Englisch klang mit seinem eigentümlichen Tonfall ulkig.

„Yes, Your Royal Highness."

„Wollen Sie mir Ihre Modelle zeigen?"

„Of course, Your Royal Highness."

Anne war froh, als die Prinzessin sie bat, ihre Sachen auszupacken, denn es war ihr fast nicht möglich, den Blick von dem blauseidenen Sari loszureißen, von dem Kastenzeichen auf der Stirn der Prinzessin, von den unwahrscheinlich kleinen Füßen in Sandalen. Anne hatte ein Gefühl, als befinde sie sich mitten zwischen zwei Seiten ihres Lieblingsbuchs aus der Kindheit „Tausendundeine Nacht".

Die kleinen braunen Hände, mit Ringen und Armbändern schwer beladen, befühlten Annes schönste Strickmodelle, und die Prinzessin fragte nach der Herkunft dieser Arbeiten und hörte aufmerksam zu, als Anne erklärte, zu allererst seien sie aus kleinen, versteckten Tälern in Nor-

121

wegen gekommen, die ersten Muster seien von Bäuerinnen gestrickt worden, von Mägden, von Sennerinnen – und sie erzählte, wie sie ihrerseits zwar die Strickart und die Farben bewahrt habe und nur die Musterborten selber abwandele, wenngleich immer nur im Rahmen der alten, ursprünglichen Muster.

„Weshalb sind diese Fausthandschuhe so verschieden?" fragte die Prinzessin.

Sie hielt ein Paar Damenfäustlinge und ein Paar Herrenfäustlinge vor sich hin.

„Die Frauenhandschuhe wurden immer so gestrickt, Königliche Hoheit", erklärte Anne. „Zuerst ein schmaler Rand in der Farbe des Musters, und dann ein breiterer in der Grundfarbe, und dann beginnt das Muster. Während die Männerfäustlinge diese drei schmalen Streifen mitten durch den verschränkt gestrickten Rand haben – das ist Tradition, ich weiß nicht, ob das eine besondere Bedeutung hat, aber so ist es nun mal . . .

Diese Begegnung zwischen den beiden, der kleinen, dunkelhäutigen königlichen Frau und dem hellen, norwegischen Mädchen, war etwas Seltsames. Die beiden Menschen waren so verschieden wie nur möglich – und dennoch. Bei dem Wort Tradition nickte die Prinzessin. Das war etwas, das ihr vertraut war, gehörte sie doch selbst einer Welt an, bei der die Tradition wie ein roter Faden durch das ganze Dasein geht.

Sie warf der Kammerzofe ein paar Worte hin, worauf diese verschwand; gleich darauf kam der junge Prinz herein. Er war dunkelhäutig und schwarzäugig und fremdartig, aber er trug europäische Kleidung und sprach ein wunderschönes Oxford-Englisch.

122

Anne sah und hörte mit Verwunderung, daß die Mutter ihren Sohn nicht fragte, was er haben wolle. Sie zeigte ihm ein Muster und sagte kurz und bündig, dies gedenke sie für ihn zu bestellen. Und der Sohn antwortete in ehrerbietigem Ton ein paar Worte in ihrer eigenen Sprache.

„Wir reisen morgen zusammen ab", sagte die Prinzessin. „Wir fahren nach Schweden. In einer Woche kommen wir zurück und bleiben – wie war es doch, Dayalshee – wir sind auf dem Rückweg noch einmal vierundzwanzig Stunden hier, nicht wahr?"

Der Sohn bejahte es.

„Also in einer Woche! Können Sie uns die Jacke und die Fausthandschuhe in dieser Zeit fertigstellen, Mrs. Daell?"

„Selbstverständlich, Your Royal Highness. Ich werde beides selber stricken", fügte Anne hinzu.

Die Prinzessin lächelte.

„So jung, wie Sie sind, und da haben Sie schon ein eigenes Geschäft?" sagte sie. „Wie alt sind Sie?"

„Zweiundzwanzig, Your Royal Highness", sagte Anne.

Anne kam wieder in die Halle herunter. Etliche Augenpaare folgten ihr. Und sie wurde ehrerbietig aus der Drehtür hinauskomplimentiert.

„Und dies", sagte Anne bei sich, als sie über den Kongens Nytorv ging, „dies ist nun die Anne von der Möwenbucht!"

Allerdings mußte sie sich jetzt tüchtig ins Zeug legen. Es hieß, die Nacht zu Hilfe zu nehmen – aber das tat sie gern. Es kam nicht alle Tage vor, daß man der Ehre teilhaftig wurde, eine Originaljacke aus handgesponnener Wolle mit handgetriebenen silbernen Knöpfen für einen indischen Prinzen zu machen!

Als sie abends nach Hause kam, zum Platzen voll von all den Neuigkeiten, die sie zu berichten hatte, ging das Telefon, ehe sie noch ein Wort hatte anbringen können. Onkel Herluf nahm den Hörer ab.

„Für dich, Anne – vom Angleterre."

„Herrjemine, welch fürnehme Kundschaft", flüsterte Eva.

Aber sowohl Onkel Herluf als auch Eva staunten, als sie hörten, wie ihre kleine, bescheidene Schwiegertochter ihr bestes Englisch auspackte und sagte:

„Yes, Your Royal Highness – Of course, Your Royal Highness – Yes, of course, just the same pattern – and your size, Your Royal Highness? – O, it will be a great pleasure to me, Your Royal Highness!"

Als Anne den Hörer aufgelegt hatte und sich umwandte, lachte sie hell auf.

Schwiegervater und Schwiegermutter hatten sich in ihre Sessel fallen lassen, saßen mit offenem Munde da, mit Augen, so groß wie Zinnteller, und brachten kein Wort heraus.

„Was – äh –?" stotterte Eva endlich.

„Aber was sitzt ihr denn so verdonnert da? Es war nur einer meiner Kunden! Er hat eine Jacke und ein Paar Fausthandschuhe bei mir bestellt, und nun hat er angefragt, ob er auch noch ein paar Strümpfe haben könnte; weiter war nichts!"

„Anne – seit wann bist du Königliche Hofstrickerin geworden?"

„Heute, liebe Schwiegereltern." Sie fing wieder an zu lachen. „Wenn ihr wüßtet, wie ihr aussseht. Ihr seht genauso aus wie die Schafe zu Hause in Möwenbucht, wenn sie zum erstenmal im Frühjahr 'rausgelassen werden."

„Junge Schwiegertochter", sagte Onkel Herluf. „Wenn du nicht zufällig in diesem Zustand wärest, weshalb man also auf dich Rücksicht nehmen muß, dann hätte ich meinen Geigenbogen auf deinen vier Buchstaben tanzen lassen!"

„Onkel Herluf", sagte Anne vorwurfsvoll, „man verhaut nicht einen Königlichen Hoflieferanten!"

Einzugssorgen

„Ich begreife es nicht", sagte Anne. „Ich begreife nicht, woher es kommt. Wie kann ich nur das Glück in solchem Maße auf meiner Seite haben? Wo andere sich jahrelang anstrengen, da plumpst es mir wie eine reife Frucht in den Schoß.

„Mein Kind", sagte Eva. „Du vergißt, daß du dich jahrelang angestrengt hast: wenn ich an das magere und blasse Mädelchen denke, das vormittags ins Gymnasium ging und nachmittags Kinder wartete und Schulaufgaben machte und nachts strickte – dann finde ich, du hast dich wahrhaftig reichlich angestrengt!"

„Ja, aber, Eva – ich meine, daß mein Geschäft so gut geht! Daß ich Haufen von Kunden habe – und dann heute diese unglaubliche Reklame – eine Reklame, für die andere Firmen liebend gern Tausende ausgeben würden . . ."

Wieder sah Anne in die Zeitung, die sie in der Hand hielt.

Am Tage vorher war der Prinz Dayalshee in höchsteigener Person im Geschäft gewesen. Er hatte die bestellten Sachen abgeholt und für die Freunde, mit denen zusammen er in die Berge fahren wollte, gleichzeitig einige Paare

Fausthandschuhe gekauft. Frau Askelund, die immer Geistesgegenwärtige, hatte ihren Fotografen auf die Straße hinuntergeschickt und eine Aufnahme von dem Prinzen machen lassen, wie er gerade aus dem Laden tritt.

Frau Askelund hatte gute Freunde bei der Tagespresse. Als sie einen von diesen fragte, ob er ein Bild vom Prinzen Dayalshee von Orissa haben wolle, wie er in Kopenhagens Geschäften Einkäufe machte, nahm der es mit Begeisterung und Dank an.

Und heute konnten die Zehntausende von Zeitungslesern sich das Bild des Prinzen ansehen, in einer Ladentür stehend, gerade unter einem Firmenschild, das klar und deutlich die Aufschrift „Norwegische Strickarbeiten" trug.

„Siehst du", sagte Eva langsam und sinnend, „die erste Voraussetzung dafür, daß das Geschäft gleich einschlug, war erfüllt: du *kannst* dein Handwerk! Du lieferst erstklassige Ware ..."

„Ja", sagte Anne. „Stricken kann ich, das gebe ich zu. Aber das habe ich ja keineswegs mir selber zu verdanken. Das habe ich mein ganzes Leben lang gekonnt, ich habe es ebenso selbstverständlich gelernt, wie ich Lesen lernte."

„Das war also die erste Vorbedingung", fuhr Eva unbeirrt fort. „Dann ist da noch etwas, und das ist ebenso wichtig: du bist sanft und liebenswürdig. Frau Askelund mochte dich gleich gern und hatte Lust, dir zu helfen. Man *hat* eben einfach Lust, gütigen und netten Menschen zu helfen. Wie oft soll ich dir das sagen, daß Leute, denen du zulächelst, dich wieder anlächeln!"

„Und alle lächeln Anne zu!" warf Onkel Herluf ein.

„Noch eins", fuhr Eva unverdrossen fort. „Du hast Ordnung in deinen Angelegenheiten; was du versprichst, das hältst du, du behandelst sowohl deine Kunden als auch deine Arbeiterinnen anständig – stimmt es nicht?"

„Ich versuche es jedenfalls", sagte Anne. Sie sann einen Augenblick nach, dann sagte sie langsam:

„Wenn das alles stimmt, Eva, dann ist es wahrhaftig nicht mein Verdienst. Daß man zuverlässig und anständig zu sein hat, das habe ich von meiner Mutter gelernt – Mutter ist der redlichste Mensch, den ich kenne. Und so bin ich erzogen. Also kann ich mich bei meinen Eltern dafür bedanken. Und dann das mit dem Lächeln. Weißt du, von wem ich das gelernt habe? Zuerst von Jess, und dann von euch. Erinnerst du dich noch, wie schweigsam ich in der ersten Zeit bei euch gewesen bin?"

„Ja, aber lächeln konntest du doch!"

„Aber nicht so wie jetzt. Fröhlich zu sein, reden zu können, lächeln zu können, nur weil keinerlei Grund dafür vorliegt, es zu unterlassen – das habe ich von euch gelernt! Siehst du, es ist dies Haus hier und dann mein eigenes Elternhaus in Möwenbucht, denen ich dies alles verdanke – oder beinahe alles!"

„Ihr vergeßt etwas Wesentliches", sagte Onkel Herluf. „In den letzten Monaten hast du eine neue Sicherheit gewonnen, Anne – du bist erwachsener geworden, du bist – du bist – ich hätte beinahe gesagt, selbstbewußt geworden, ganz so meine ich es allerdings nicht; aber du hast auf alle Fälle eine gelassene Selbstsicherheit bekommen. Und weißt du, von wem du die bekommen hast?"

„Vielleicht weiß ich es, aber laß hören, was du meinst."

„Ich meine, die rührt davon her, daß du ein Kind bekommst, Anne! Du bist im Begriff, die erste Pflicht der Frau zu erfüllen. Du bist im Begriff, deinen natürlichen

Platz im Dasein zu finden. In deinem Unterbewußtsein liegt ein glücklicher Stolz, weil du das Deine zur Fortführung des Geschlechts beitragen wirst. Das ist es, was dir die Sicherheit verleiht, Kind – eine Sicherheit, die du nötig hast und die dir in deinem Berufe hilft!"

„So habe ich also auch das Jess zu verdanken", sagte Anne, und jetzt hatte ihr Lächeln eine leuchtende, staunende Wärme.

„Ach nein, was sehen meine Augen!" sagte Anne.

Und der Ausruf war berechtigt. Denn der junge Mann, der durch die Tür der Firma „Norwegische Strickarbeiten" trat, war kein anderer als Raoul – Jess' Freund, den sie in Salzburg getroffen hatten, Jess' Freund, mit dem sie an jenem denkwürdigen Abend in „St. Peters Stiftskeller" zusammengewesen waren, als Jess ein imaginäres Orchester mit einer Gabel dirigiert hatte, ohne zu ahnen, daß Maestro Martiani am Nebentisch saß und ihn beobachtete.

Anne stotterte und radebrechte in ihrem mangelhaften Französisch und fragte, wie und wieso und warum, und Raoul erzählte in einer köstlichen Mischung von Französisch, Deutsch und Dänisch, daß er im Sommer in einem Tivolirestaurant in einer Kapelle spielen werde. Und jetzt wollte er Grüße von Jess bringen, den er in Paris wiedergesehen habe.

„Jess hat in letzter Zeit so wenig geschrieben", sagte Anne. „Hat er sehr viel zu tun?"

O ja, das könne man wohl sagen! Ein Jammer, daß Jess die halben Nächte sitze und Tanzmusik mache, meinte Raoul. „Aber das Leben in Paris ist teuer, darum ... Und er verdient gut damit. Es strengt ihn nur furchtbar an."

Anne hörte es mit weitoffenem Munde. Davon hatte sie ja keine Ahnung.

„Wo spielt er? Und wann hat er damit angefangen?"

„Wissen Sie das denn gar nicht?"

„Nein – er hat nichts darüber geschrieben – aber Raoul, erzählen Sie mir Näheres, bitte – es ist ja ein Wahnsinn, daß Jess sich mit Nachtarbeit aufreibt, während er seine Kräfte so nötig für andere Sachen brauchte . . ."

Anne gab keine Ruhe. Raoul mußte mit allem herausrücken, was er wußte.

In Paris sei alles sehr teuer. Und der Unterricht bei Maestro Martiani verschlinge Unsummen. Von Jess' Stipendium sei nicht mehr viel übrig. Das wollte er natürlich dem Maestro nicht verraten – Jess sei nicht so, daß er das Mitleid herausfordern wolle, sagte Raoul lächelnd. „So hat er denn eine Anstellung als Pianist in einem Nachtkaffee auf dem Montmartre angenommen und sitzt nun in Tabaksrauch und Weindunst und hämmert bis zum hellen Morgen auf dem Klavier herum . . ."

Anne schluckte ihre Erregung herunter. Jess – ihr lieber, lieber Jess – und sie saß hier und scheffelte Geld, und Jess machte sich kaputt, verdarb sich die kostbare Zeit, die ganz seinem Studium gewidmet sein sollte. –

„Raoul – ich danke Ihnen aufrichtig, daß Sie mir das erzählt haben. Und versprechen Sie mir eins: Verraten Sie Jess nichts davon, daß ich es weiß! Aber ein Glück, daß Sie es mir gesagt haben –!"

So überließ Anne denn eine Weile der kleinen Birthe Karstensen den Laden. Sie schlüpfte in einen Mantel und lief stehenden Fußes auf die Bank.

Vielleicht war es ihr brennender Blick, der die Ursache

war – vielleicht war es ihre Stimme, die so verdächtig zitterte, der eindringliche Ton, in dem sie erklärte, ihr Mann müsse, *müsse* mehr Geld haben, um seine Studien zu vollenden, vielleicht war es auch deshalb, weil alle Welt jetzt deutlich sehen konnte, daß sie ein Kind bekam ...

Auf alle Fälle machte sie das schier Unmögliche möglich. Nach Verlauf einer Stunde kam sie die Treppe von der Devisenabteilung herunter und hatte sämtliche Papiere in Ordnung. Zehn Minuten später lief die Maschinerie an, die von Frau Anne Daells Konto in Kopenhagen fünfzigtausend Franc an Herrn Jess Daell in Paris überweisen sollte.

Anne lächelte. Sie malte sich zum wer weiß wievielten Male aus, wie sie sich noch vor zwei Jahren nicht hätte träumen lassen, daß sie einmal mit solchen Summen arbeiten würde. Es war schließlich nicht von der Hand zu weisen, daß sich fünfzigtausend Franc fürstlicher anhörten als tausend Kronen.

Anderseits aber – es wäre ihr damals genauso unglaubhaft erschienen, eines Tages tausend selbstverdiente Kronen zu verschenken. War es zu verwundern, daß sie ein starkes Glück empfand?

Nun stand sie aber vor der Aufgabe, den diplomatischsten Brief ihres Lebens aufzusetzen, da sie Jess die Sache mundgerecht machen mußte – und sie schrieb in einer Mischung von Scherz und Ernst, von Prahlerei über das Geschäft, in das die Gelder nur so eintrudelten, von Ermahnungen, dies Geld – Rückzahlung von Schulden, lieber Jess, mit hundert Prozent Zinsen, Du siehst, ich habe es durchschaut, daß Du Wuchergeschäfte betreibst – schön brav an Maestro Martiani abzuführen und nicht etwa für Sektgelage mit den reizenden Französinnen auszugeben.

Annes persönlicher guter Engel mußte ihr die Feder geführt haben, als sie schrieb. Denn in seinem Dankesbrief war Jess nur erfreut und beglückt und gerührt und erhob keinen Einspruch dagegen, die Summe anzunehmen.

Armer Junge – dann hat er das Geld bitter nötig gehabt, mußte Anne denken und fuhr sich rasch einmal über die Augen.

Eva und Onkel Herluf erzählte sie zwar, daß sie Jess Geld geschickt habe. Aber sie sagte nichts über Raouls Besuch und nichts darüber, wie dringend erforderlich es war, daß Jess Hilfe erhielt.

Und dann zog in Kopenhagen der Frühling ein. Das Tivoli machte seine Pforten auf, und die Bäume in den Parks erhielten einen ersten, reinen, zartgrünen Schleier. Eben jetzt war es im Geschäft eine kurze Zeitlang still – es war, als ruhe die Stadt und halte den Atem an und sammele sich für die große Anstrengung, die ihr bevorstand: den Strom der Vergnügungsreisenden.

Zu Ostern war die Stadt von deutschen Touristen überschwemmt gewesen, jetzt waren es die Amerikaner, die kamen. Schon Anfang Mai schwärmten sie über die ganze Stadt aus, und Anne stand, groß und behäbig und wieder ziemlich müde, hinter ihrem Ladentisch und gab zum siebenhundertundachtundneunzigsten Mal ihre Auskünfte.

„Nein, meine Dame, farbige Sachen führe ich nicht. – Die echten alten norwegischen Muster sind nur in schwarzbrauner und ungebleichter Wolle gestrickt worden, und ich halte daran fest. – Ja, gnädige Frau, aber dies Modell ist doppelt so teuer, es ist aus handgesponnener Wolle, und die ist ungefärbt – sie stammt von weißen Schafen und von

131

schwarzen –. Doch, gnädige Frau, die ist in Norwegen gesponnen, hier . . ."

An der Wand hing eine Karte von Norwegen. Und ein rotes Kreuz zeigte die Stelle an, wo Möwenbucht lag. Von der Möwenbucht kam ständig und ohne Pause die handgesponnene Wolle. Die Frauen und Mädchen im Dorf fanden es ganz großartig, daß Anne einen eigenen Laden hatte, und das Bild von dem indischen Prinzen, der aus dem Laden „Norwegische Strickarbeiten" heraustrat, machte auf allen Höfen in der Möwenbucht die Runde, bis kaum noch ein Fetzen davon übrig war. Und jede einzelne dachte, vielleicht wärme gerade *ihre* Wolle irgendeine „Hoheit" oder „Ihre Gnaden".

Anne hatte Jess noch einmal Geld geschickt. Und Jess war überglücklich gewesen. Sie las zwischen den Zeilen, daß er seinen Nachtkaffeejob aufgegeben hatte, denn er schrieb, dank Annes Hilfe könne er sich jetzt einmal ganz und gar für die Arbeit bei Martiani einsetzen. „Ich schufte tagsüber wie ein Kuli und schlafe nachts wie ein Stein", schrieb ihr Jess – und damit fiel ein großer Stein von Annes Herzen.

Mitten zwischen Touristen und hektischer Arbeit wurde Anne von der Wohnungsbaugesellschaft angeläutet. Ob Frau Daell herauskommen und Tapeten aussuchen möchte? Gewiß, die Wohnung stehe in etwa vierzehn Tagen zum Einzug bereit.

„Wie ich das schaffen soll, ist mir ein Rätsel", sagte Anne. „In vierzehn Tagen einziehen, in drei Wochen kommt Jess nach Hause, im Laden stehen die Amerikaner Schlange, ich besitze kein Bett und keinen Stuhl oder Tisch, den ich in die Wohnung hineinstellen könnte . . ."

„Hier muß jetzt was geschehen", meinte Eva. „Übermorgen gehst du los und kaufst Möbel. Ich setze mich mit Tante Adethe in Verbindung und dann lass' ich den Staub liegen, und die Bügelwäsche kann mir gestohlen bleiben – Tante Adethe und ich werden wohl mit gegenseitiger Unterstützung einmal Fausthandschuhe an deine Amerikaner verkaufen können!"

Anne saß am nächsten Vormittag zu einer kurzen kleinen Teepause bei Frau Askelund.

„Morgen schwänze ich", erzählte sie. „Ich will losgehen und Möbel kaufen – glauben Sie, daß ich es schaffe, an einem Vormittag zwei Zimmer einzurichten?"

Frau Askelund schwieg einen Augenblick und streifte die Asche von ihrer Zigarette ab.

„Anne", sagte sie – es war das erstemal, daß sie Anne bei ihrem Vornamen anredete und nicht Frau Daell sagte – „darf ich mich mal in etwas einmischen, das mich im Grunde nichts angeht?"

„Aber ich bitte Sie!" lachte Anne.

„Hatten Sie – hatten Sie sich gedacht, Ihren Mann mit einer fix und fertigen Wohnung zu überraschen, wenn er nach Hause kommt?"

„Natürlich hatte ich das gedacht. Ich freue mich ja schon darauf wie ein kleines Kind."

„Hören Sie zu, Anne. Ich habe schließlich einige eheliche Erfahrung – und der Kluge lernt aus den Erfahrungen anderer, nicht wahr? Ich verstehe es nur zu gut, daß Sie das Verlangen haben, Ihren Jess bei der Hand zu nehmen und ihn in eine fix und fertige Wohnung zu führen und mit berechtigtem Stolz zu sagen: ‚Schau hier, das habe ich ganz allein geschafft!' Aber, Anne – tun Sie es nicht – ich rate Ihnen: *tun Sie es nicht!*"

Anne hörte mit großen Augen zu.

„Weshalb denn nicht?" fragte sie, aber die Frage klang leise und zögernd, denn sie ahnte, wie die Antwort lauten würde.

„Weil Jess ein Mann ist, Anne! Es war für ihn in allen diesen Monaten bestimmt nicht leicht, daß er zu Ihrem Unterhalt nicht hat beitragen können. Er kommt sich vor wie ein junger Student, mit einer unsicheren Zukunft. Und Sie, Anne, sind in diesem halben Jahr erwachsen geworden – Sie sind verflixt tüchtig, und Jess wäre kein Mensch, wenn er nicht in der Tiefe seiner Seele einen nagenden kleinen Minderwertigkeitskomplex sitzen hätte. Soll er nun nach Hause zurückkehren und in eine Häuslichkeit geführt werden, zu der er selber nicht das Geringste beigetragen hat – verstehen Sie nicht, daß dadurch das Minderwertigkeitsgefühl an die Oberfläche rutschen kann? Es würde die Freude töten, die Sie beherrscht, es würde in Jess eine Bitterkeit aufkeimen lassen. Sind Sie mir böse, Anne, daß ich Ihnen das sage?"

„Nein. Bitte, sprechen Sie weiter!"

„Darf ich sagen, was ich an Ihrer Stelle tun würde?"

„Ja, bitte."

Es klang so mädchenhaft hilflos, fast demütig. Die kleine, große, selbständige Anne war plötzlich ratlos und bedurfte der Hilfe eines erwachsenen und erfahrenen Menschen.

„Ich würde vielleicht die Schlafzimmermöbel kaufen – mit der Bedingung, sie tauschen zu dürfen – und ich würde meinen Mann vorsichtig fragen, ob sie ihm gefallen, sonst können Sie selbstverständlich statt dessen etwas anderes nehmen. Und ich würde ganz beiläufig eine kleine Bemerkung darüber fallenlassen, daß es nach altem Brauch Sache der Braut sei, für die Schlafzimmereinrichtung zu sorgen. Aber ich würde die Wohnung nicht zu vollständig einrichten, und – um alles in der Welt – nicht zu elegant! Und dann würde ich – ja, Sie haben zwei Zimmer, nicht wahr? – gut, dann würde ich vielleicht einen billigen kleinen Eßtisch kaufen und zwei Stühle und Gardinen – und damit Schluß! Ich würde es so machen, daß der Mann das Gefühl bekommt, die ganze Sache komme erst richtig in Schuß, wenn er da sei. Ich würde alles mit ihm durchsprechen, mit ihm beratschlagen, auf ihn hören – es ist immer klug, und in diesem Fall ist es unbedingt notwendig, gerade weil Sie bis jetzt so glänzend ohne Hilfe Ihren Mann gestanden haben.

Verstehen Sie, was ich meine, Anne?"

„Ja", sagte Anne, und ihre Augen glänzten, „– und ob ich Sie verstehe, Frau Askelund! Und ob! Ich werde es genauso machen, wie Sie sagen – und – und – tausend, tausend Dank!"

Für Jess bleibt auch noch was zu tun

„. . . und dann, mein Liebster, kann ich als Letztes nur noch sagen, ich freue mich so sehr, daß mir ist, als stünde die Zeit still – ich zähle nicht mehr die Wochen, nicht die Tage – ich zähle die Stunden. Und jetzt sind es nur noch etwas über hundert Stunden, bis Du wirklich endlich kommst!

Jess – mein einziger Junge – dann muß ich Dir noch sagen, daß ich eine Überraschung für Dich habe. Etwas, worüber Du Dich ganz bestimmt sehr freuen wirst. Ich glaube, Du wirst sehr, sehr rasch merken, was es ist . . .

Willkommen daheim, Lieber!

Deine Anne."

Anne trippelte auf dem Bahnsteig hin und her, immer hin und her. Oh, daß die elenden Zeiger an der Uhr auch gar nicht weiterrücken wollten. Mit denen mußte doch irgend etwas los sein – vielleicht war die Uhr stehengeblieben – nein, endlich, jetzt machte der große Zeiger einen Ruck vorwärts – und Anne trippelte wieder weiter.

„Trippeln" konnte man ihre Gangart eigentlich nicht nennen. Sie war nicht mehr so leichtfüßig wie sonst. Sie war umfangreich geworden und schwerfällig, aber sie fühlte sich reich und stolz und glücklich, wie sie dort hin und her ging in ihrem weiten, lose herabhängenden Hänger.

Endlich – endlich – endlich.

„Der Zug, von Hamburg und Paris kommend, fährt jetzt auf Gleis drei ein. Er hat Anschluß an den Zug nach Stockholm . . ." Anne hörte nichts mehr. Was kümmerte sie Stockholm – für sie gab es in der ganzen Welt nur noch eins – daß irgendwo in dem langen Zug, der jetzt einfuhr, Jess stand, ihr Jess . . . Ihr Blick lief an der Wagenreihe entlang. Da nicht – da nicht – da auch nicht . . .

„Jess!"

Und dann war sie von seinen Armen umschlungen, und seine Wange lag an der ihren.

„Jess, Lieber – aber wie bist du mager geworden – laß dich anschauen. Viel zu dünn!"

Jess lachte.

„Das ist nur gesund, mein Mädelchen. Bedenke das! Du –
du scheinst das nicht gerade beherzigt zu haben. Du siehst
allerdings prachtvoll aus – oder ist es nur dieser fürchter-
liche Mantel, den du dir umgehängt hast? Bist du so eine
Modepuppe geworden, Anne, daß du mit einem Vier-
mannzelt herumläufst, nur weil es modern ist?"

Jess lachte, scherzte und war übermütig vor lauter Glück.

Anne entgegnete nichts. Sie lächelte nur.

„Weißt du, der sieht wahrhaftig aus wie ein Umstands –
– – Anne! *Anne!!!*"

Er blieb mitten auf dem Bahnsteig stehen und merkte
nicht, daß die Leute in pufften und gegen ihn anrannten.

„Anne – du schriebst von einer Überraschung – ist es –
ist es *das?*"

„Ja, Jess."

„Ach Gott, Anne – und das erfahre ich hier auf dem
Bahnsteig, inmitten von Tausenden von Menschen – und
ich muß mich mindestens noch eine halbe Stunde gedulden,
bis ich sagen und tun darf, was ich am liebsten möchte! Aber
Anne – wann denn?"

„Das kannst du dir allein ausrechnen, mein Jungchen.
Mitte Oktober warst du zu Hause, nicht wahr? Du kamst
mit, wenn ich kleine Kinder gehütet habe, und du sagtest,
so eins wolltest du auch mal haben – aber noch nicht, sagtest du klipp und klar."

„Aber Anne – das meinte ich doch auch . . ."

„Ja, das habe ich gemerkt", sagte Anne trocken und steckte
ihren Arm unter den ihres Mannes.

„Komm jetzt, mein Junge. Deine Mutter erwartet dich
mit Kaffee und frischen Rundstücken."

„Diese erbärmliche S-Bahn", murmelte Jess. „Nicht mal einen ordentlichen Tunnel hat sie, damit man seiner Frau einen Kuß geben kann . . ."

Wie sehr sollte Frau Askelund recht behalten!

Jess strahlte auf, als Anne erzählte:

„O doch, wir können schon heute bei uns einziehen, wenn du willst, Jess – aber es ist dir doch klar, fertig ist noch gar nichts – ich habe nur eben ein paar Möbel für das Schlafzimmer beschaffen können, dazu bin ich ja im Grunde verpflichtet, du mußt nun mal sehen, ob sie dir gefallen – aber mehr wollte ich nicht tun, verstehst du. Über alles übrige müssen wir uns unterhalten und uns zusammen überlegen, was wir wollen – ist dir das recht?"

Jess war es so unbedingt recht. Hundertprozentig recht.

Als sie gefrühstückt und sich alles erzählt und das Wichtigste in großen Zügen ausgetauscht hatten, zogen Jess und Anne gemeinsam zu ihrer Wohnung.

Das Wohnzimmer war groß und hell und leer. Ein Klapptisch stand darin und zwei einfache Stühle, es hingen auch Gardinen vor den Fenstern, und ein paar Kisten standen da, die ausgepackt werden mußten. Jess' Augen glänzten.

„Oh, hier gibt es aber allerlei zu tun!" sagte er, und seine Stimme war voller Freude und Erwartung.

Anne aber schickte Frau Askelund eine ganze Perlenreihe dankbarer kleiner Gedanken.

Dann standen sie im Schlafzimmer. Die Möbel aus Erlenholz waren einfach und glatt gearbeitet, und die Betten waren frisch gemacht.

„Wie ist es hübsch, Anne", sagte Jess.

„Findest du wirklich? Ich hoffte ja, es möge dir gefallen – aber wir können die Möbel auch tauschen, Jess, und ich bin nicht die Spur gekränkt, wenn du ..."

„Du Dummchen. Sie sind wunderhübsch, Anne, und ganz und gar nach meinem Geschmack. Aber ..."

„Was aber?"

„Hier fehlt was!"

„Ja, gewiß. Hier fehlt sicher vieles. Was meinst du?"

„Der Babykorb – und gibt es nicht so was wie 'ne Wickelkommode und eine Badewanne und noch eine ganze Menge dergleichen mehr?"

„Doch, Jess. Das kommt alles noch. Aber wenn es irgendwas auf der Welt gibt, das wir zusammen kaufen müssen, dann sind es doch wirklich *diese* Dinge!"

Am nächsten Tage gingen sie zusammen aus. Wie nach einer stillschweigenden Übereinkunft strengten sie alle ihre Kräfte an, um an ihrem einjährigen Hochzeitstag – am achtundzwanzigsten Mai – in eine einigermaßen eingerichtete Wohnung einziehen zu können.

Tante Adethe rief sich wieder alle ihre englischen Kenntnisse ins Gedächtnis zurück, die sie besaß, erschien im Laden, sowie er morgens aufgemacht wurde, und bediente die amerikanischen Touristen, daß es eine Lust war. Und das kleine Fräulein Karstensen nahm mit wichtiger Miene die Arbeiten der Strickerinnen entgegen, überprüfte sie genauso, wie sie es die Chefin hatte tun sehen, trug sie ins Warenprotokoll ein und zahlte die Löhne aus. Sie gab Wolle und Muster aus und ließ sich von den Heimarbeiterinnen den Empfang quittieren, und sie blähte sich vor Stolz, als Anne einmal unversehens hereinschaute – mitten zwischen dem

Einkauf eines Teppichs und eines Einmachkessels, wie sie
sagte –, um nach dem Rechten zu sehen.

Jess war gewaltig beeindruckt von dem großen Waren-
lager und dem Kundenstrom. Und er warf einen staunen-
den Blick auf seine Frau – die kleine bescheidene Anne aus
Möwenbucht, die mit frischer und fraulicher Stimme ihre
Auskünfte erteilte, prüfte – und Bargeld abholte.

„Ich kann es nicht leiden, wenn zuviel im Geschäft liegt",
sagte sie erklärend zu Jess, während sie zusammen weiter-
gingen. „Und nun können wir ja gehen und den Teppich
kaufen, ich werde wohl für dich auslegen müssen, du Schlingel, ich setze es auf die Rechnung, und gelegentlich will ich
es mit hundert Prozent Zinsen wiederhaben."

Dieser scherzhafte Ton war ihre Rettung. Hätte sie stot-
ternd und errötend gesagt: „Lieber Jess, sei so gut und laß
mich das bezahlen, du weißt ja, ich habe Geld" – dann
wäre es schwieriger für ihn gewesen. Aber Annes natürlicher
Takt, dazu die Einsichten, die sie aus der Unterhaltung mit
Frau Askelund gewonnen hatte, regelten das Problem ohne
viel Mühe.

Am siebenundzwanzigsten Mai war die Wohnung so
weit fertig, daß sie einziehen konnten. Das Letzte, wofür
Anne sorgte, war der Inhalt für die Speisekammer, den
Brotkasten und den segensreichen Kühlschrank, der mit zur
Wohnung gehörte.

Dann wurde Tante Adethe mit Dank und heißen Segens-
wünschen wieder verabschiedet, und im „Marie-Christine-
Haus" hatten sie Gesprächsstoff für eine ganze Woche. Was
Tante Adethe aber auch alles zu erzählen hatte!

Am achtundzwanzigsten kam Jess gegen Geschäftsschluß
und holte Anne ab. In einer Taxe draußen hatte er die

140

Koffer, die Annes Sachen enthielten. Sie hatte morgens gerührten Abschied von Eva und Onkel Herluf genommen.

An diesem hellen Frühlingsabend fuhren Anne und Jess Hand in Hand in ihre eigene Wohnung.

„Was hast du heute getrieben?" fragte Anne, als sie beim Mittagessen saßen, einem Essen, das sie gemeinsam zubereitet hatten.

„Das werde ich dir erzählen, wenn wir abgewaschen haben", sagte Jess.

Jess ging in die Küche, um den Kaffee zu machen, und Jess trocknete ab, während Anne das Geschirr aufwusch. Alles war so blank, so neu, so festlich anzuschauen und leicht zu handhaben.

„So was von leichtem Haushalt", meinte Jess und stellte den letzten Teller des Hauses weg – sie besaßen sechs Stück. „Ist es wohl eine Sache, abzuwaschen, wenn man warmes Wasser hat und ein Spülbecken aus rostfreiem Stahl? Himmel, nein, wie fürnehm unsereins doch wohnt, wenn man bedenkt, daß man nur eine arme Laus von einem Musiker ist."

Anne schaute ihn verstohlen von der Seite an. Jess hatte irgendwas vor, in seiner Stimme schwang ein ganz leises, frohes Zittern mit.

„Jetzt ist also der Aufwasch fertig – und nun wolltest du berichten, was du heute gemacht hast!"

„Geh 'rein und setz dich, mein Schatz. Ich komme in einer Sekunde nach."

Anne gehorchte. Sie saß in ihrer eigenen neuen Stube – vielleicht war sie noch ein wenig leer, ein wenig zu aufgeräumt, ein wenig unbewohnt – aber sie gehörte ihr und

Jess, und sie würde sicher sehr bald schon bewohnt aussehen.

Sie hatten sich schlichte und vernünftige Dinge gekauft, und nicht mehr, als dringend notwendig war. Sie hatten noch einen Wunschzettel, so lange wie ein böses Jahr – aber was hat das Leben für einen Sinn ohne Wünsche?

Und wie gesagt – so viel, daß sie sich behelfen konnten, hatten sie.

Da stand Jess in der Tür.

„Anne, du bist die schlechteste Hausfrau in ganz Kopenhagen und Umgegend."

„Sieh mal einer an – willst du dich scheiden lassen?"

„Nein, aber dies ist als letzte Warnung zu betrachten. Hat man jemals eine so wenig umsichtige Person erlebt? Da hat sie Kunden unter dem höheren Adel und morgenländischen Potentaten, hier läuft sie 'rum mit der Nase in der Luft und kauft für die Wohnung ein – und vergißt das Wesentlichste!"

„Aber Jess, was habe ich denn nur vergessen?"

„Das Wesentlichste, habe ich gesagt. Sektgläser!"

Anne lachte.

„Wenn ich richtig nachdenke, Jess, dann habe ich sicher auch Austerngabeln und Hummerbestecke vergessen – es scheint also wirklich auf eine Scheidung zuzusteuern!"

„Nimm's nicht so schwer! Im Augenblick essen wir weder Austern noch Hummer – aber Sekt wollen wir trinken. Sogar echten französischen Champagner! Etwas muß man doch gelernt haben, wenn man neun Monate in Paris gewesen ist."

Nein, Anne hatte weder an Sektgläser noch andere Weingläser gedacht. Aber Eva hatte ihr sechs alte Rotweingläser

142

geschenkt, und es stellte sich heraus, daß man ausgezeichnet Sekt aus ihnen trinken konnte.

Jess und Anne stießen miteinander an – es war das erste Mal, daß sie allein Champagner miteinander tranken, und es war das zweite Mal überhaupt in ihrem Leben, daß Anne Champagner zu kosten bekam. Das erste Mal war es nach Jess' Debütkonzert gewesen.

Sie lächelten einander zu, und ihre Gedanken liefen in die gleiche Richtung – sie dachten an den Tag vor einem Jahr, den sonnenfunkelnden Tag in Möwenbucht und die kleine weiße Holzkirche, die festlich geschmückt war, weil die Anne Hochzeit hielt. Sie dachten an die Reise nach Kopenhagen, die Reise nach Österreich, und vielleicht dachten sie auch beide an den anstrengenden Winter, der hinter ihnen lag.

Nun waren die Gedanken bei dem angelangt, was kommen sollte. Dem neuen Glück, das ihrer im Juli harrte.

„Jess", sagte Anne schließlich, „möchtest du mir nun endlich erzählen, was du heute vormittag gemacht hast?"

„Kannst du es nicht länger aushalten?" lachte Jess. „Nun gut, Anne, jetzt sperr die Ohren auf, und halte dich fest: Ich habe eine äußerst wichtige Besprechung gehabt. Mit dem Ergebnis, daß ich im September hier in Kopenhagen als Gastdirigent ein Konzert geben darf. Ich am Pult – und Vati links von mir als Konzertmeister!"

„Mit dem großen Orchester?" rief Anne und sah fast mit Ehrfurcht auf ihren Mann. „Ach Jess! Das ist ja fast nicht zu glauben. Jess, darfst du das Programm machen? Was willst du dirigieren?"

„Zuerst die Leonorenouvertüre Nummer zwei."

„Jess – an die erinnere ich mich gar nicht mehr ..."

„Das macht auch nichts. Dann die Londoner Symphonie von Haydn."

„Die kenne ich."

„Und als letzte Nummer hatte ich gedacht –" Jess sah Anne von der Seite an, und seine Augen strahlten – „als letzte Nummer hatte ich gedacht – die Symphonie Nummer eins in c-Moll – von Jess Daell!"

Anne saß ganz still da. Ihre Augen waren auf Jess gerichtet, sie waren groß und blank – sie wurden noch blanker – zuletzt wurden sie so blank, daß Jess mit dem Taschentuch zu Hilfe eilen mußte.

Und nun erst gewann Anne ihre Sprache wieder.

„Jess – wann – wie –?"

„Diesen Winter. Du meintest doch, wann ich sie geschrieben habe? Ich habe gleich nach Weihnachten angefangen. Hab' erst den ersten und zweiten Satz fertiggemacht, den dritten und vierten hatte ich im Kopf, aber dann – dann kriegte ich so viel anderes zu tun, ich mußte ja auch 'n bißchen Geld verdienen, verstehst du . . ."

Ja, in Nachtkaffees mit Klavierspielen, dachte Anne, sagte aber nichts.

„Und dann, Anne – dann kamen die tausend Kronen von dir! Ich muß gestehen, sie kamen gerade im rechten Augenblick! Nun konnte ich mich ganz auf meine Symphonie konzentrieren, und ich schrieb sie fertig. Maestro Martiani hat sie gesehen und sie studiert und ihr sozusagen seinen Segen gegeben."

„Ach Jess – lieber Jess . . ."

„Warte! Ich habe außerdem die Zusage bekommen, sie im Herbst einmal in Paris zu dirigieren – es tut mir leid, ich muß dich dann verlassen. Eigentlich hatte ich gedacht, du könntest dabeisein, aber du wirst zu der Zeit wohl anderes zu tun haben? Du wirst wohl den kleinen Kapellmeister in spe füttern müssen . . . "

„– die Strickerin, meinst du", warf Anne dazwischen.

„Und da wir nun schon mal beim Prahlen sind: Maestro Martiani ist immerhin so befriedigt von meiner Symphonie, daß er mehr für mich tun will. Er hat von ein paar Orchestern in Deutschland und einem in London gesprochen."

„Jess – ich bin sprachlos – ich fühle mich ganz klein – und – und wahnsinnig unbedeutend neben dir."

„Du kleines Dummchen. Bedenke eins, Anne: In Wirklichkeit war es deine Hilfe, die es mir ermöglichte, diese Arbeit zu vollenden. Nur dir habe ich es zu verdanken!"

Annes Lippen zitterten, als sie zu lächeln versuchte.

„Und Jess – als du mir im Herbst die fünfhundert Kronen schenktest – da hast *du* mir aus einer ganz fatalen Klemme geholfen. Wenn ich an die Tage zurückdenke, dann bricht mir noch immer der Angstschweiß aus. Ich hätte tatsächlich nicht gewußt, wie ich die ersten Löhne an die Strickerinnen hätte bezahlen sollen, wenn ich dein Geld nicht gehabt hätte . . ."

„Du – meine Frau. Das kann man doch eigentlich eine ideale Zusammenarbeit nennen?"

„Ja, Jess."

„Aber Anne, du mußt doch wahrhaftig einen sechsten Sinn gehabt haben, daß du plötzlich auf den Gedanken kamst, mir die tausend Kronen zu schicken –?"

Anne schwieg und lächelte in sich hinein. Gerade jetzt hatte sie kein Bedürfnis, Jess zu offenbaren, daß ihr sechster Sinn zur Zeit in Tivolis Musikpavillon die Fiedel strich.

Die Geister, die ich rief . . .

Jess stand in der Küche und wusch das Frühstücksgeschirr ab.

Seine vielbeschäftigte Frau war um halb neun davongestürzt, einen ganzen Schweif von Aufträgen hinterlassend.

„Jess, denkst du daran, Brot zu besorgen – ein halbes schwarzes Vollkorn und ein Mohnbrot – und Jess, kannst du dem Hauswart Bescheid sagen, daß er nach dem Hahn in der Badestube sieht – und, du, wenn du Kartoffeln schälen und sie aufsetzen könntest, dann brate ich nur schnell die Frikadellen, wenn ich komme – und wenn die Leute vom Telefonamt kommen, sollen wir dann sagen, wir möchten den Apparat auf dem Nachttisch haben? Ich finde das am praktischsten. Du, bring doch noch eine Flasche Milch mit und ein bißchen Sahne, wenn du das Brot holst, ja?"

Anne sprach mit dem Blick auf die Uhr, dann schlüpfte sie in ihren Hänger, ergriff die große Tasche, und weg war sie.

Natürlich sah Jess ein, daß Anne wegmußte. Jetzt in der dicksten Reisezeit – gestern war ein großer amerikanischer Passagierdampfer eingelaufen, da würde es heute in den „Norwegischen Strickarbeiten" einen arbeitsreichen Tag geben. Außerdem wußte Jess, daß Anne die neue Verkäuferin in die Arbeit einführen mußte. Fräulein Karstensen konnte nicht den ganzen Juli und August allein sein, wenn Anne dem Geschäft fernbleiben mußte.

„Es ist ja nicht gerade so wunderbar praktisch, daß das Baby mitten in der Reisezeit kommt", lachte Anne. „Aber das gehört nun mal zu den Dingen, die man schlecht aufschieben kann!"

Jess hatte etwas matt gelächelt. Anne war so ungemein tüchtig und so ungemein energisch.

Dennoch seufzte Jess vor sich hin, während er dastand und das Geschirr abwusch und wegräumte. Daß Anne so viel zu tun hatte, gerade in diesem Monat, nun gut, damit konnte er sich abfinden. Wie aber sollte es in der Zukunft werden? Sie würde sich nie von dem Geschäft lösen können. Sie würde es nicht einmal verantworten können. Denn die „Norwegischen Strickarbeiten" waren allmählich eine kleine Goldgrube geworden, und wer kann es sich leisten, eine Goldgrube aufzugeben?

Aber – sollte ihr künftiges Dasein dies Gesicht bekommen? Sollte das Kind vielleicht einer Kinderpflegerin überlassen werden, würde Anne Morgen für Morgen mit hängender Zunge ins Geschäft stürzen, würde sie immer den ganzen Tag von zu Hause fort sein?

Wenn Jess vielleicht ein festes Engagement als Orchesterleiter in Kopenhagen bekäme, würde ihm dann, wenn er von seiner Probe nach Hause käme, immer eine fremde Kinderschwester oder Hausgehilfin entgegenkommen? Würde er am Fenster stehen und jeden Nachmittag nach seiner vielbeschäftigten Frau Ausschau halten? Würde Anne ihre Abende mit Abrechnungen und der Durchsicht von Strickvorlagen verbringen müssen, so wie es in dieser Woche gewesen war, seit sie in ihre Wohnung eingezogen waren?

Jess war fertig mit dem Geschirr. Er ging ins Wohnzimmer und setzte sich ans Klavier. Das kleine Kammerklavier, das Anne gekauft hatte.

Ja, seine tüchtige kleine Frau hatte alles gekauft.

Hatte er richtig gehandelt? Hätte er lieber nicht nach Paris gehen sollen? Hätte er lieber Arbeit in Kopenhagen suchen sollen, versuchen sollen, eine Stellung als Leiter irgendeines kleinen Orchesters zu bekommen, hätte er ein braver Gehaltsempfänger und zufriedener Familienvater werden sollen? – Dann hätten sie nicht so viel Geld gehabt – aber seine Frau wäre zu Hause.

Aber jetzt hatte er eine glänzende Ausbildung genossen. Jetzt hatte er größere Möglichkeiten!

Gestern hatte er ein Honorar für eine Komposition in Empfang genommen. Es war für den „Mondsee", den man im Rundfunk gespielt hatte, und der jetzt auch im Druck erschienen war. In der nächsten Woche sollte er einen Geiger begleiten.

O gewiß, auch Jess verdiente allerlei, und wenn seine Symphonie im Herbst gespielt, wenn sein Name etwas bekannter sein würde, dann hatte er größere Aussichten. Und bessere Aussichten.

Er würde es schon noch so weit bringen, Frau und Kind zu versorgen. Es war wunderbar, daß „Norwegische Strickarbeiten" ihnen in diesem Jahr so unter die Arme gegriffen hatten – und in solchem Umfang!

Aber dies Unternehmen, das bis jetzt ein Segen gewesen war, würde es künftig zu einem Fluch werden? Würde es ihm Anne rauben, ein Moloch werden, der Annes Kraft und Energie und ihr Interesse ganz und gar verschlang?

Ein paar Zeilen aus dem Deutschpensum im Gymnasium schossen ihm durch den Kopf:

Die ich rief, die Geister,
werd' ich nun nicht los . . .

„Der Zauberlehrling" – Dukas' Musik zum Zauberlehrling – Jess hatte sie bei Martiani durchgenommen. Die
wollte er aufs Programm setzen, wenn er das nächste Mal
ein Konzert dirigierte.

Jess' Hände suchten auf den Tasten herum. Er spielte
ein paar Takte, blieb sitzen und überlegte, spielte wieder.
Was hatte Martiani doch noch gesagt –? Mehr Geheimnis
– mehr Märchenstimmung – holen Sie die Holzbläser mehr
heraus – Jess legte die Hand auf die polierte Fläche des
Klaviers, merkte, daß sie staubig war – stand unvermittelt
auf und ging in die Küche, um ein Staubtuch zu suchen.

Jess wischte Staub, und er holte ein, er versuchte zu spielen, aber er fühlte sich unaufgelegt und brachte es zu nichts
weiterem als zu Tonleitern und Etüden, die zornig und
stimmungslos in die Stube hinaushallten.

Er hielt die Zeiten inne, und er schälte Kartoffeln, wie
Anne ihn gebeten hatte. Seine Gedanken waren bei Anne,
der tüchtigen Anne, die ihre feinen Strickarbeiten auf dänisch und schwedisch, deutsch, französisch und englisch
verkaufte – Anne, die Geld verdiente, Anne, die in wirt-
schaftlicher Beziehung der Herr im Hause war . . .

Die ich rief, die Geister . . .

Als es halb sechs war, stand Jess am Fenster und sah
Anne die Straße heraufkommen. Er konnte nicht hinunter-
und ihr entgegenlaufen, denn er fürchtete, die Kartoffeln
könnten zerkochen.

Sie schaute hinauf und winkte. Er winkte zurück. Aber
Goethes Worte gingen ständig in seinem Gehirn um:

Ach, da kommt der Meister!
Herr, die Not ist groß.
Die ich rief, die Geister,
Werd' ich nun nicht los!

„Mußt du denn auch heute abend arbeiten?"

„Es tut mir leid, Jess, aber ich muß. Wenn ich die Abrechnungen nach Schluß im Geschäft machte, dann säße ich
jetzt noch da."

„Kannst du die nicht jemand anderem überlassen?"

„Bist du toll? – Wem denn?"

„Nun, der neuen Verkäuferin zum Beispiel – wie heißt
sie doch gleich – ach so, Frau Gjermer. Sagtest du nicht,
sie habe ein Handelsschulexamen?"

„Doch, aber – aber – sie ist noch zu neu . . ."

„Aber deine Buchführung ist doch sicher ganz einfach?
Und wenn du nun bald im Geschäft aufhören mußt, dann
muß Frau Gjermer das ja doch machen!"

„Ja-aa – das heißt – ich wollte eigentlich, daß Fräulein
Karstensen die Rechnungen jeden Abend hierher bringt,
damit ich die Abrechnung selber machen könnte. Und wenn
das Baby wohlbehalten auf die Welt gekommen ist, dann
kann ich ja jeden Tag für eine kurze Zeit ins Geschäft fahren, bis ich im September wieder regelmäßig hingehe . . ."

In Jess erlosch eine Flamme. Er hatte eine kleine Hoffnung gehabt, eine Hoffnung, daß es vom Herbst ab anders
werden würde, Anne wollte also diese aufreibende Arbeit
fortsetzen. Das Kind sollte von irgendeiner x-beliebigen,
teuren und vorzüglichen Kinderpflegerin versorgt werden.
Die Wohnung sollte vielleicht von fremden, unpersönlichen
Händen gut und gewissenhaft in Ordnung gehalten wer-

den, während sie, die eigentliche Gattin, Hausfrau und Mutter, davon in Anspruch genommen war, Geld zu verdienen, damit sie die teure Hilfe bezahlen konnte ...

In Jess' Wangen stieg eine Röte, und dann fuhr es ihm heraus:

„Bist du sicher, daß du Zeit haben wirst, das Kind zur Welt zu bringen?"

Es hätte ein Scherz sein können. Die Worte hätten neckend klingen können. Aber Jess' Gesichtsausdruck und Tonfall schlossen jegliche Möglichkeit einer solchen Deutung aus. Die Stimme war voll bitterer Ironie.

Anne saß über ihren Büchern, abgespannt nach einem anstrengenden Tag. Sie war schwerfällig und ungelenk, und der Rücken tat ihr weh.

Sie warf einen Blick auf ihren Mann, und sie erwiderte kein Wort.

Aber Jess kannte die Gedanken, die ihr durch den Kopf gingen:

Ich arbeite doch deinetwegen so schwer, Jess! Deinetwegen und meinetwegen, und für unser Kind. Ich war gut genug, so lange es für dich galt, in Paris zu bleiben. Das Strickgeld damals, das paßte dir gut in den Kram, als du dasaßest und mit deiner Symphonie nicht weiterkamst. Und jetzt, kaum daß du nur eine Woche die langweilige Arbeit im Hause hast mitmachen müssen, jetzt ist es aus mit deiner Geduld. Jess, nennst du das Zusammenarbeit? Ist das die so laut besungene Kameradschaft?

Anne sagte nichts von diesem allem. Sie richtete nur ein paar Sekunden lang die Augen auf Jess. Dann senkte sie wieder den Kopf auf die Bücher, und ihre Lippen zuckten.

Da hatte Jess auch schon seine Arme um sie geschlungen

– er legte seinen Kopf an den ihren, so daß sie sein Gesicht nicht sehen konnte.

„Verzeih mir, Anne. Verzeih mir – meine Geliebte. Ich bin ein Biest! Ein widerwärtiges, eingebildetes, verzogenes Biest. Verzeih mir, Anne."

„Liebster", flüsterte Anne, und ihre Hand, mit der sie in seinen dunklen Schopf faßte, bebte.

Über diesen Zwischenfall wurde nie mehr geredet. Anne ging allmorgendlich in ihr Geschäft, regelte das Notwendigste, gab Bescheid, bereitete alles für ihre Abwesenheit vor. Frau Gjermer war gescheit und versah den geschäftlichen Teil gut, Fräulein Karstensen überwachte die Strickkerei.

Dann kam der Tag, auf den Jess gewartet und nach dem er sich gesehnt hatte – der Tag, an dem Anne nach Hause kam mit einem befreiten Lächeln im Gesicht.

„So, mein Junge. Jetzt lassen wir Geschäft Geschäft sein! Jetzt müssen die Touristen ohne mich fertig werden! Jetzt will ich monatelang kein Strickzeug mehr sehen."

Noch während sie das sagte, holte sie ein Knäuel weiche, weiße Wolle und ein Paar Stricknadeln hervor.

„Was hattest du eben gesagt?" lachte Jess. „Wie nennst du denn das da?"

„Das da?" Anne wurde es plötzlich klar, was sie gesagt hatte, und sie lachte hellauf.

„Das ist doch kein Strickzeug, Jess! Nicht in dem Sinne jedenfalls!"

„Soso! Das ist also kein Strickzeug? Darf ich fragen, was es dann ist?"

„Das ist – ich meine, das wird ein Babyjäckchen, Jess. Das ist doch ganz was anderes!"

152

Jess strich mit dem Finger über die flaumweiche Wolle. „Ja", sagte er leise. „Ich sehe es ein. Das ist etwas ganz anderes ..."

Anne hatte sich ab August eine Kinderschwester bestellt.

„Ziehst du zu deinen Eltern, während ich in der Klinik bin, Jess?"

„Nein, weißt du, ich möchte am liebsten hier bleiben. Ich kann dir nicht erklären, wieso – es ist nur eine Gefühlssache. Hier gehöre ich ja jetzt her ..."

„Aber willst du nicht jedenfalls im Lyngby essen?"

„Nun ja, das werde ich wohl tun. Aber ich möchte hier bleiben, Anne. Hier wohnen und alles in Ordnung halten und auf dich und das Kind warten."

„Du ..." Anne strich ihm über das Haar.

Dann kam der große Tag heran, als sie zusammen in die Stadt fuhren und Babykörbchen und Wickeltisch kauften. Eva wurde hinzugezogen, und wo Eva war, und wo es einen Nähkasten gab, da wurde etwas getan. Aus dem Babykorb wurde unter Evas geschickten Fingern ein zartgrüner Traum.

Jess schaute mit tiefem Interesse zu.

„Nicht daß ich etwas von solchen Sachen verstünde", ließ er sich bescheiden vernehmen. „Aber soviel ich gesehen habe, wird das arme Kind nur Strickjäckchen und Strampelhosen anhaben. Gibt es denn nicht auch so was Ähnliches wie Hemden?"

„Lieber Jess", entgegnete Eva. „ Du rechnest nicht mit deiner vorausschauenden Mutter. Damals, als du aus deiner Babywäsche herauswuchsest, da packte ich alles weg mit dem Gedanken: Vielleicht bekommt Jess einmal einen Bru-

153

der oder eine Schwester. Und wenn nicht, dann bekommt
er wohl mal ein Kind. Du darfst diesen Koffer dort auf-
machen und auspacken und die Sachen hübsch geordnet in
die Schubläden der Wickelkommode legen."

So ging es zu, daß Jess den Abend damit verbrachte, seine
eigenen allerersten Kleidungsstücke zu sortieren und in
Bündeln zu ordnen.

Das Glück der Erwartung wärmte und erleuchtete die
Atmosphäre um sie her, und Jess und Annes Heim war davon durchdrungen.

Das Wichtigste in Kopenhagen

Anne legte die Hand auf die Schulter ihres Mannes. „Jess…"
Jess drehte sich schlaftrunken um, schlug die Augen auf
und blinzelte gegen das Licht von der Nachttischlampe.

„Was ist denn, Anne?"

„Ich glaube, du mußt – du mußt nach einem Auto telefonieren…" Annes Gesicht verzog sich in Schmerz.

Jess war mit einem Ruck hoch und schlüpfte in die Klei-
der. Er half Anne beim Anziehen, rief telefonisch eine Taxe
herbei, nahm den fertig gepackten Koffer mit dem Nacht-
zeug und den Toilettesachen und führte Anne behutsam
die Treppe hinunter.

Dann saßen sie im Auto, und Jess konnte sein eigenes
Herz schlagen hören.

„Hast du – hast du Angst, Anne?"

„Angst? Aber wo! Kein bißchen. Ich bin nur…" Anne
unterbrach sich selber und biß die Zähne zusammen. Kleine
Schweißperlen bildeten sich auf ihrer Stirn.

Dann war es wieder vorüber, und sie lächelte Jess zu.

„Was bin ich auch für ein Kohlkopp – mitten in der Nacht damit anzufangen."

„Fein, Anne. Du sollst mal sehen, wir bekommen ein Sonntagskind. Es ist ein Uhr, der Sonntag hat angefangen ..."

„Da möchte ich allerdings hoffen, daß es nicht ein Montagskind wird."

„So, Annemädchen. Nun sind wir angelangt."

Jess blieb stehen und sah lange hinter Anne her, die von einer weißgekleideten Krankenschwester durch einen weißen Flur entführt wurde und hinein in einen weißen Raum – hinein in das Weiße und Unbekannte, das dem Mann immer unbekannt bleiben wird.

Jess ging zu Fuß durch die Sommernacht nach Hause. Er ging langsam, denn ihm grauste vor der einsamen Wartezeit daheim in der leeren Wohnung.

Als er aber etwa die Hälfte des Weges zurückgelegt hatte, fiel ihm plötzlich ein, daß das Kind vielleicht schnell käme – ganz plötzlich – vielleicht läutete das Telefon zu Hause auf dem Nachttisch, ehe er wieder zurück war.

In seinem plötzlichen Schrecken hielt Jess eine Taxe an, und zu Hause angekommen, stürzte er die Treppe hinauf, schloß die Wohnungstür auf – und setzte sich auf den Bettrand, den Blick starr auf das stumme Telefon gerichtet.

Er starrte lange. Die Minuten vergingen und wurden zu Stunden.

Jess machte die Betten und räumte im Schlafzimmer auf. Er ging ruhelos vom einen Zimmer ins andere, vom Zimmer in die Küche.

Dann fing er plötzlich an, alle Zimmerpflanzen zu begießen. Als das getan war, setzte er sich wieder auf den Bett-

155

rand. Dann ging er in die Küche und suchte einen Scheuerlappen und wischte die Seen vor dem Fensterbrett auf.

Kleine Anne – liebe kleine Anne – – wenn sie nur nicht zu sehr leiden mußte – wenn sie ihr nur eine Narkose geben wollten, wenn es zu schlimm wurde – wenn nur alles gut ging ...

Jess ging in die Küche und setzte Kaffeewasser auf. Heute nacht fand er doch keinen Schlaf mehr.

Und dann ging das Telefon.

Drei Minuten später fuhr Eva aus dem Schlaf hoch. Jetzt war Onkel Herluf an der Reihe, wachgerüttelt zu werden.

„Herluf – Telefon ..."

Onkel Herluf grunzte und wollte aufstehen – aber Eva war schon im Zimmer drinnen und nahm mit zitternder Hand den Hörer ab.

Auf ihr „Hallo" antwortete eine sonderbar belegte Stimme.

„Muttel? Wir haben eine Tochter bekommen! Alles wohlauf! – Du, ich komme gleich zu euch – ich bin hungrig wie ein Wolf, ich frühstücke bei dir."

Ehe Eva noch antworten konnte, ertönte durchs Telefon ein durchdringendes Pfeifen – ein schneidender Mißton gellte Eva in die Ohren.

„Der Flötenkessel! Das Kaffeewasser!" rief Jess und warf den Hörer auf.

Aber da waren schon die meisten Bewohner des Hauses aufgewacht, und ihre Bemerkungen über diese rücksichtslosen Menschen, die um fünf Uhr morgens den Kessel vor dem offenen Küchenfenster pfeifen ließen, waren nicht gerade sanft.

Um halb sechs Uhr saß Jess bei den Eltern in deren Wohnzimmer, übernächtig und außer sich vor Freude.

„Es ist fein gegangen, Muttchen – besonders gut – sie ist um drei Uhr zur Welt gekommen, aber was soll ich dir sagen, die Scheusäler haben zwei Stunden gewartet, bis sie anläuteten ..."

„Lieber Jess, das tun sie immer in den Kliniken", besänftigte Eva ihn.

„Ja, aber wieso denn? Warum muß ein armer Ehemann in dieser Weise gemartert werden?"

„Mein lieber Junge, es wird das beste sein, wenn ich dir etwas über die näheren Umstände bei einer Geburt erzähle", sagte seine Mutter lächelnd.

Und in dieser frühen Morgenstunde, während die Sonne aufging und die Vögel draußen zwitscherten, erhielt Jess bei einer Tasse Kaffee Einblick in das, was eine Frau in jenen Stunden erlebt, wo sie dem weißen Reich überantwortet ist, zu dem die Männer keinen Zugang haben.

Um sieben Uhr hing Jess wieder am Telefon und gab ein Telegramm nach Möwenbucht in Norwegen auf.

„Eva Kristina heute nacht angekommen stop alles wohl stop erwarten Dich hier zur Kindstaufe liebe Mutter Kristina stop Dein Jess."

Anne strich mit den Fingerspitzen über den kleinen, flaumigen Kopf ihres Kindes. Das Kleine lag an der Brust und trank glucksend.

Mein Kind, dachte Anne. Aber sie sagte es nicht laut.

Mein Kind. Unser Kind. Jess' und mein Kind.

Anne hatte sich nicht einmal im Traume vorgestellt, daß es ein solches Glück gab.

Ihre Augen schweiften zu den Sträußen auf dem Nachttisch, den roten Rosen von Jess, den Nelken von Eva und Onkel Herluf, den Wicken von Frau Askelund, den gelben Rosen von den Tanten im „Marie-Christine-Haus", den Lilien von Fräulein Karstensen und Frau Gjermer.

Im Schubfach lag das Telegramm von Mutter.

„Gott segne die kleine Eva Kristina. Liebevolle Grüße von Großmutter."

Kleine Eva Kristina . . .

Anne war heute schon den halben Tag aufgewesen. Morgen sollte sie entlassen werden. Morgen durfte sie ihr Kind selber besorgen und es in den hellgrünen Babykorb legen. Oder vielleicht mußte die Krankenschwester es in den ersten Tagen tun?

Der Gedanke erfüllte Anne mit Neid.

War es eigentlich notwendig gewesen, die Kinderpflegerin zu nehmen? Hätten sie nicht mit einer Tageshilfe auskommen können? Einem jungen Mädchen, die Besorgungen machte und auf das Kind aufpaßte? Während Anne eben mal ins Geschäft hineinschaute, nur um nachzusehen, ob alles in Ordnung war?

Sollte wirklich eine fremde, tüchtige, geübte Kinderschwester mit ihren unpersönlichen und sachkundigen Händen das Kindchen besorgen?

Sollte eine Fremde Anne erzählen, wenn sie aus dem Geschäft nach Hause kam, daß die Kleine heute zum erstenmal gelächelt habe? „Denken Sie, Frau Daell, ich glaube, sie bekommt einen Zahn! – Wissen Sie, Frau Daell, heute hat sie die Händchen nach der Klapper ausgestreckt! – Frau Daell, wollen Sie mir glauben, heute sah es beinahe so aus, als wolle sie etwas sagen!"

Annes Gedanken wanderten nach Möwenbucht, zur Mutter nach Hause, zur Schwägerin Liv. Liv ging vierzehn Tage, nachdem ihr Kind geboren war, wieder voll ihrer Arbeit nach. Liv hatte ihr Kind in der Wiege im Zimmer oder in der Küche stehen, sie stillte es, wenn es soweit war, sie wickelte es frisch und legte es behutsam wieder in die Wiege zurück. Liv selbst erlebte das erste Lächeln, den ersten Zahn, die ersten Sprechversuche.

Niemals hatte eine Frau in Annes Familie ihr Kind einer Fremden überlassen.

Wieder strich sie dem Kind über den Kopf.

Nein, es mußte seinen Lauf nehmen. Zwar liebte Anne ihr Geschäft, die „Goldgrube" – aber hatte sie das Recht, einen solchen Preis für das Gold zu bezahlen? Es zu bezahlen mit den zahllosen wunderbaren Stunden, die eine Mutter mit ihrem kleinen Kind erleben kann?

Sollte sie ihr eindeutiges Recht und ihre Pflicht verraten? Was würde Mutter Kristina sagen, wenn sie gefragt würde?

Anne sah das ruhige, harmonische Gesicht der Mutter vor sich, und sie meinte, die sichere, nüchterne Stimme hören zu können – sicher geworden durch die Rechtschaffenheit und das klare Pflichtgefühl von Generationen:

„Eine Mutter hat da zu sein, wo ihr Kind ist."

Natürlich – wenn sie gezwungen gewesen wäre! Wenn Jess keinerlei Aussichten hätte, etwas zu verdienen – wenn das Geschäft nicht ohne Anne selber gehen könnte – dann wohl. Es gab genügend Mütter, die mit blutendem Herzen ihr Kind Fremden überließen, weil sie dazu gezwungen waren.

Aber wenn auch nur die leiseste Möglichkeit vorhanden war, bei dem Kind zu bleiben und mit dem Kind zu leben,

dann mußte sie es tun, nahm sich Anne weiter selber ins
Gebet. Und diese Möglichkeit war vorhanden. Sie konnte
das Geschäft mit bezahlter Hilfe aufrechterhalten. Wo war
sie am besten zu entbehren? Im Geschäft oder im Hause?
Wenn sie sich diese Frage selber so unbarmherzig scharf
stellte, dann brauchte sie gar nicht zu antworten. Die Antwort war von vornherein gegeben.

Anne drehte den Kopf, so daß ihre Lippen auf Eva
Kristinas kleiner, weicher Wange ruhten.

„Mein Kindchen – Mutti bleibt bei dir", flüsterte Anne.

Und wenn auch niemand die Worte hörte außer dem
Kind, und wenn auch das Kind nur ein kleines hilfloses
und unwissendes Bündel war, so wußte Anne dennoch, daß
dies das unverbrüchlichste Gelübde war, das sie in ihrem
Leben getan hatte.

Abgesehen von dem andern im Mai des vorigen Jahres,
vor dem Altar daheim in der Kirche.

Jess und Anne gingen eines Abends im August Arm in
Arm auf dem Hauptbahnhof hin und her.

„Eine Viertelstunde Verspätung", sagte Anne und sah
zum viertenmal auf die Uhr. „Wenn es noch eine weitere
Viertelstunde dauert, dann muß ich losgehen, Jess! Das
Kindchen schreit sich blau, wenn es nicht pünktlich seine
Mahlzeit bekommt."

„Unsere Tochter ist eine Tyrannin", stellte Jess fest.

„Vom Vater geerbt", sagte Anne.

„Von der Mutter geerbt", lachte Jess.

Und dann lief der Zug ein.

„Da!" rief Anne.

„Ich kann sie nicht sehen . . ." meinte Jess.

„Ich auch nicht – aber ich sehe ihren Koffer!"

Ganz recht. Ein hilfsbereiter junger Mann stellte eben den alten Koffer mit dem K. V. in schwarzen Buchstaben auf dem Bahnsteig aus der Hand, aber bevor er so weit war, daß er Mutter Kristina aus dem Zug helfen konnte, waren Jess und Anne auch schon bei ihr.

Mutter Kristina war sicher und ruhig. Sicher und ruhig nach der ersten Eisenbahnfahrt ihres Lebens. Sicher und ruhig, nachdem sie zum erstenmal über die Grenzen ihres Landes hinausgefahren war. Ruhig und ausgeglichen – aber mit jungen, wachen Augen in dem zerfurchten Gesicht.

Jess und Anne überfielen sie nicht mit Reden und Fragen. Jess ergriff den Koffer, Anne steckte den Arm unter den der Mutter und lotste sie durch die Menschenmenge und in die Halle hinauf.

„Habt ihr heute in Dänemark irgendeinen besonderen ‚Tag'? Ist irgendwas los?" fragte Mutter Kristina erstaunt. Sie standen vor dem Hauptbahnhof und warteten auf eine Taxe.

„Nein, gar nicht, Mutter – weshalb meinst du?"

„Es waren überall auf den Bahnhöfen so viele Leute – und hier –" Mutter Kristinas Blick schweifte erstaunt umher und in die Ferne – „alle diese Lichter!"

„Das ist immer so, Mutter. Du wirst dich nach und nach daran gewöhnen. Da ist die Taxe – – komm, Mutter . . ."

Mutter Kristina saß aufrecht und schweigsam neben Anne im Auto. Ihre Augen weiteten sich, der Blick versuchte erleuchtete Schaufenster aufzufangen, blinkende Gewässer, hohe Häuser, bunte Lichtreklamen.

Dann gab sie es auf. Sie entspannte sich und lehnte sich im Wagen zurück. Anne nahm ihre Hand.

„Müde, Mutter?"

„Ach ja - so ein bißchen - durcheinander ..." Mutter Kristina lächelte im Halbdunkel. „Es ist ein bißchen viel auf einmal für eine arme Alte wie mich, weißt du ..."

„*Du* arme Alte! Wart nur, Mutter, du kriegst Kopenhagen in kleinen Portionen vorgesetzt."

„Das Wichtigste in Kopenhagen bekommst du schon heute abend zu sehen", sagte Jess, der vorn beim Fahrer saß und gehört hatte, was gesprochen wurde.

„Soso - was ist denn das Wichtigste?" fragte Mutter Kristina.

„Und danach fragst du? Das Wichtigste in Kopenhagen, in Dänemark, in der Welt, Mutter Kristina - das ist unsere Tochter!"

Alles lächelt Anne zu

In Annes und Jess' Stube stand der Tisch mit Blumen und funkelnden Gläsern gedeckt. In der Küche schmurgelte es in Töpfen und brutzelte im Bratofen. Evas getreue Morgenhilfe, Frau Arntzen, stand in ihrem feinsten schwarzen und weißen Putz in der Küche und überwachte das Essen, während ihre Tochter einen Blick auf das Eis im Kühlschrank warf.

„Da hält ein Auto auf der Straße - sieh mal nach, ob sie es sind, Bärbel!"

Sie waren es.

Anne trat als erste durch die Tür, mit dem Kind auf dem Arm, dem Kind in dem langen, weißen Taufkleid. Das Kleid hatte Mutter Kristina aus Möwenbucht mitgebracht.

In ihm waren Anne und alle ihre Geschwister getauft worden, und davor schon Annes Vater und seine Geschwister, und sogar auch Annes Großvater. Annes Urgroßmutter hatte es genäht, und unter einer der feinen Blenden waren eine Reihe Namen mit dichten kleinen Stichen eingestickt – der Name eines jeden Kindes, das in dem Kleid über die Taufe gehoben worden war.

Und nun kamen der Konzertmeister und seine Gattin. Frau Daell sieht aber jung aus für eine Großmutter, dachte Frau Arntzen und nickte Eva strahlend und vertraulich zu.

Danach kamen die beiden alten Tanten aus dem Damenstift – und die elegante Dame dort, wer war denn das? Frau Arntzen war ganz verdutzt, aber Bärbel wußte Bescheid. Es war die Schriftleiterin vom „Wochenblatt der Dame", Kirsten Askelund.

Den schwarzhaarigen jungen Mann kannten sie nicht. Das mußte ein Freund von dem jungen Herrn Daell sein.

Jetzt aber kam ein Gast, da riß Frau Arntzen die Augen weit auf vor Staunen und Neugierde – das war die Mutter der jungen Frau Daell aus Norwegen.

Noch nie hatte Frau Arntzen eine Tracht gesehen wie diese. Und sie hatte doch immerhin Fanötrachten und Aerötrachten und Tondernsche Trachten mit echten Tondernschen Klöppelspitzen gesehen – aber dies war doch anders.

Ob alle Frauen in Norwegen so angezogen gingen? Mit der großen, weißen Haube auf dem Kopf und all dem schweren Silber auf dem schneeweißen Hemd?

Sie verstand auch nicht ihre Sprache. Die junge Frau Daell sprach ganz anders. Sie zu verstehen, war ein Pappenstiel. Sobald sie aber mit der Mutter redete, sprach sie auch dies sonderbare Kauderwelsch.

Während Frau Arntzen und Bärbel sich noch immer vor Staunen nicht fassen konnten, traten die Gäste ins Zimmer. Anne zog dem Täufling das feine Kleid aus und legte ihn in das Körbchen, und dann kam sie in die Küche und gab Bescheid, daß man das Mahl auftragen könne.

Nun entfaltete sich Frau Arntzen mit all ihrer Übung und Erfahrung beim Anrichten des Festmahls, sie und die Tochter waren gut miteinander eingearbeitet, und das Ganze ging wie am Schnürchen.

„Mit dem Eis warte lieber noch!" gebot Frau Arntzen. „Jetzt kommen erst die Ansprachen."

Frau Arntzen hatte ihre gesellschaftlichen Erfahrungen.

Ganz recht, der Konzertmeister redete! Schön machte er es, das war keine Frage, so wie er seinem ersten Enkelkind alles Gute wünschte.

Der junge Daell sprach auch. Frau Arntzen begann die Formen aus dem Kühlschrank zu ziehen. Nun war es wohl gleich soweit ...

Sie stellte die kristallene Platte bereit – „sei vorsichtig damit, Bärbel, sie gehört Konzertmeisters" – aber dann hielt sie mit einemmal inne und schob die Formen wieder hinein.

Drinnen wurde abermals gesprochen. Frau Arntzen spitzte die Ohren. Wenn man doch bloß diese Sprache verstehen könnte! Aber die Stimme klang schön. Tief, ruhig – des Sprechens ungewohnt, und darum schwang ein ganz, ganz leises Zittern hinter den wenigen Worten mit:

„Ich möchte euch nur danken, daß ihr mich hierher gebeten habt, Anne und Jess. Es ist ein großes Erlebnis für mich. Ich habe nicht die Gabe, so leicht zu reden wie ihr – wir haben diese Gabe nicht mitbekommen, wir Leute von der Möwenbucht. Ich kann nicht ausdrücken, was ich gern sagen möchte – ich sage also nur Dank – und wieder Dank – und Gott segne die kleine Eva Kristina!"

Anne blickte mit tränenverschleierten Augen auf die Mutter. Es war das erste Mal, daß Mutter Kristina eine Rede gehalten hatte, soweit Anne zurückdenken konnte. Und als die Gläser leer waren, ruhten die Blicke von Mutter und Tochter ineinander.

Frau Arntzen stand mit der Hand an der Kühlschranktür. Jetzt war es wohl endlich soweit – nein, bei Gott, wieder klopfte jemand an das spröde Glas.

Und diesmal konnten Frau Arntzen und Bärbel dem, was gesagt wurde, folgen. Sie spähten durch den Türspalt, und da sahen sie, es war die ältere Frau Daell, die anmutige kleine Gestalt, das feine ovale Gesicht, dessen Wangen eine warme Glut hatten.

„... und ihr habt es beide im Laufe der letzten Zeit so oft gesagt: Wir verstehen nicht, wieso das Schicksal es so gut mit uns gemeint hat! Ihr geht in einem ständigen Staunen herum, daß euch das Glück so hold gewesen ist. Aber ich möchte gern erklären, woran das liegt. Als Anne ihren Teil zum Unterhalt beitragen mußte für euch, da entschied sie sich für die Arbeit, auf die sie sich verstand. Anne kann stricken, und sie hat Geschmack und Blick dafür, beides durch Generationen vererbt, ich möchte fast sagen, das Können vieler Generationen in dieser Arbeit oder dieser Kunst hat sich in unserm Annemädchen aufgestaut. Und Anne hat eine Handelsausbildung genossen und zwingt das Geschäftliche auch. Sie kann auch Geige spielen. Sie spielt nicht schlecht – nicht wahr, lieber Mann? – und dennoch – hätte sie versucht, aus ihrem kleinen Talent mehr zu machen, als

165

es ist, ja, dann wäre es keine Goldgrube gewesen, An.. ! Du
bist so vernünftig gewesen und hast eingesehen, daß dein
Spiel nur gerade für den Hausgebrauch reicht. Wenn wir
in der Familie dich auch nur zu gern spielen hören.

Und du, Jess – du hast ebenfalls den Beruf ergriffen,
für den du Begabung besitzt. Für dich konnte es nichts
anderes geben als die Musik. Wärest du mit aller Gewalt
in das Handelsfach hineingedrängt worden und danach
auf einen Büroschemel, dann könntest du heute nicht auf
die Erfolge zurückblicken, die du bis jetzt hast, und die
Zukunft hätte wohl grau in grau vor dir gelegen, während
sie sich jetzt – jetzt ganz sicher in Gold abzeichnet!

Das ist die Sache, seht ihr! Abgesehen vom Fleiß und
Arbeitswillen und draufgängerischem Mut habt ihr euch
beide mit etwas befaßt, das ihr *könnt*. Ihr habt zwei gänz-
lich verschiedene Berufe, und ihr achtet eure Berufe gegenseitig – und alles andere, alles das, was ihr gemeinsam habt,
das teilt ihr miteinander. Die Freuden und die Schwierigkeiten und die Arbeit hier im Hause.

Eins kann man von euch lernen – auch wir Älteren können lernen. Wir können lernen einzusehen, wie wertvoll es
ist, wenn Eheleute Kameraden sind!

Und auf die Kameradschaft möchte ich trinken. Die Kameradschaft zwischen Anne und Jess. Mögt ihr sie euch
erhalten, so lange ihr lebt!"

Der Schein der Kerzen funkelte in den Gläsern auf, die
jetzt erhoben wurden.

„Nun kann das Eis 'rein, Bärbel", sagte Frau Arntzen.

„Guckt doch mal die Tracht da – was ist denn das für
eine?"

„Das muß 'ne schwedische sein – nein, halt mal, die ist
natürlich norwegisch, ich weiß schon, es wird die Schwiegermutter von Jess Daell sein, siehst du nicht, sie geht ja zusammen mit der jungen Frau Daell . . ."

„Das ist doch die, die das Handarbeitsgeschäft ‚Norwegische Strickarbeiten' betreibt?"

„Jaja, natürlich ist es die. Aber sie hat im Geschäft aufgehört."

„Nein, das ist unmöglich – ich habe doch vorgestern dort
noch Fausthandschuhe gekauft."

„Ja, aber Frau Daell ist nicht mehr ständig da. Seit sie
das Kind hat, nicht mehr."

„Woher weißt du denn das?"

„Meine Mutter wohnt doch im ‚Marie-Christine-Haus',
meine Gute, und von der hab' ich es . . ."

„Sie sieht sehr gut aus, die Frau Daell."

„Ja, und ob sie das tut. Ich erinnere mich noch an sie, von
dem ersten Konzert ihres Mannes vor zwei Jahren. Da
waren sie verlobt."

„Da kommt die Schwiegermutter. Sie wird auch immer
jünger."

„Denk bloß, was das für'n Tag ist für die! Ihr Mann als
erster Konzertmeister, und der Sohn als Dirigent . . ."

„. . . und Komponist!"

„Pscht . . ."

Das Raunen im Konzertsaal ebte ab. Der junge Dirigent kam herein und bestieg das Podium.

Köpfe wurden emporgehoben, Gesichter waren auf Jess
gerichtet. Neugierige Gesichter, gespannte und – gelassen ab-
wägende Gesichter, die großen und bekannten und gefürch-
teten Musikkritiker hatten abwartende Mienen aufgesetzt.

167

Bei der Leonorenouvertüre nickten sie anerkennend. O ja. Nicht schwer zu hören, daß der junge Daell bei dem Maestro Martiani gewesen war. Man durfte allerlei von ihm erhoffen.

Jess dirigierte sicher und ohne Nervosität. Die erfahrenen alten Musiker konnten nicht umhin, seinen glücklichen Gesichtsausdruck zu bemerken – er war gespannt, ohne verkrampft zu sein, er war gesammelt, ohne verbissen zu sein.

Die Ouvertüre wurde mit ausgesprochenem Wohlgefallen aufgenommen.

„Haydn dirigiert er auch ohne Partitur!" flüsterte man sich zu, als das Dirigentenpult nach wie vor schwarz und leer zwischen Jess und dem Orchester stand.

Die Spannung im Konzertsaal wuchs. Mit sicherem Gehör, mit sicherem Taktstock und mit weichen, ruhigen Bewegungen der schlanken Linken nahm Jess das Orchester mit in *seine* Welt hinein, in *seine* Auffassung von Haydn.

Und das Orchester gab seinen künstlerischen Willen in vollen, brausenden Tönen wieder, aus einem Resonanzboden, so vibrierend empfindsam wie bei der edelsten Violine.

Selten hatte man einen Konzertmeister erlebt, der eine so starke Verbindung mit dem Dirigenten hatte. Zwischen den beiden herrschte ein unerklärbares, nie versagendes Einverständnis.

Das Wohlgefallen der Zuhörer nahm zu. Der Beifall war warm und herzlich und hielt lange an.

In der Pause schweiften viele Blicke zu den drei Menschen in der vordersten Loge hinüber, zu der jungen Frau Daell, die zwischen ihrer Mutter und ihrer Schwiegermutter saß.

Dann stieg Jess zum drittenmal aufs Podium. Jung und ernst, von einem gesammelten Willen beherrscht, und voll von jubelnder Schöpferfreude.

Zum ersten Mal erklang die Symphonie Nummer eins c-Moll von Jess Daell in einem dichtbesetzten Konzertsaal.

Aufrecht und schlank und sicher stand der Dirigent auf seinem Podium, und er legte seine ganze Seele, seine ganze Schöpferfreude, seine ganze Kraft als schaffender und nachschaffender Musiker in dies Spiel – das er auf dem schönsten von allen Instrumenten spielte: dem lebendigen Orchester.

Der letzte Akkord brauste auf, schwoll an, erfüllte den Raum – und dann folgte die letzte, kurze, kleine Handbewegung, und Jess legte den Taktstock nieder.

Er stand einen Augenblick ganz still. Dann rauschte der Beifall hinter seinem Rücken, und er wandte sich um – bleich, aber mit leuchtenden Augen.

Er verneigte sich, verneigte sich abermals – dann richtete er sich auf, drehte sich um und reichte dem Konzertmeister die Hand.

So blieben sie einen Augenblick stehen, Vater und Sohn.

Der Beifall schwoll noch gewaltiger an, noch jubelnder, und Jess umfing das ganze Orchester mit seinem demütigen, dankbaren Blick, als er alle aufforderte, sich zu erheben und den Applaus entgegenzunehmen.

Die Blicke des Publikums schweiften vom Podium zur Loge hinüber, wo man einen schimmernden, hellen jungen Kopf zwischen zwei andern sehen konnte – dem einen mit den dunklen Haarwellen, dem andern mit einer blütenweißen Haube.

Immer mehr Leute richteten den Blick auf Anne. Sie

blieb unbeweglich sitzen. Sie fühlte und verstand, daß das Publikum auch ihr die Huldigung darbringen wollte, die ihr zukam.

Endlich wagte sie aufzusehen. Sie begegnete frohen Gesichtern, entzückten Gesichtern, wohlwollendem Lächeln, gerührtem, von Tränen verschleiertem Lächeln.

Alles lächelte Anne zu.

Spannende
SchneiderBücher der Autorin:
Serien

Das Leben wird schöner, Anne
Ein Mädchen bewährt sich in einer großen Stadt
Anne und Jess. Der Weg ins Glück
Mit einem Freund löst Anne ihre Probleme leichter
Anne, der beste Lebenskamerad
Selbstbewußt geht Anne ihren Weg

***

Meine Tochter Liz
Ein junges Mädchen nimmt ein elternloses Kind zu sich
Ein Mädchen von 17 Jahren
Wie endet Lisbeths erste Liebe?

***

Bleib bei uns, Beate!
Vier Kinder schließen Beate in ihr Herz
Hab Mut, Katrin!
„Was soll ich werden?" fragt die verwöhnte Katrin
Meine Träume ziehen nach Süden
Ein Glückstreffer führt nach Afrika
Die Glücksleiter hat viele Sprossen
Sonja und Heiko träumen von Afrika
Sonjas dritte Sternstunde
Ein Urlaub, der einen Traum verwirklicht:
Australien
Machst du mit, Senta?
Die vertauschten Zwillinge sorgen für eine lustige Reise
Sonnige Tage mit Katrin
Eine Sommerreise mit vielen Überraschungen
Umwege zum Glück
Reni vernachlässigt einen guten Freund

Nur ein Jahr, Jessica!
Ein Mädchen finanziert mit ihren Kochkünsten
das Studium

Kleiner Hund und große Liebe
Elaine findet das große Glück

Umwege zum Glück
Nur ein Jahr, Jessica!
In diesem Doppelband erzählt die Autorin vom
Glück und von den Problemen junger Mädchen

Einzelbände

Alle nennen mich Pony
Bedeuten Freunde nicht mehr als Geld?

Moni träumt vom großen Glück
Ist ein kleines Auto schon das große Glück?

Nicole – ein Herz voll Liebe
Überraschungen auf der Schneepiste

Nina, so gefällst du mir!
Warum ist die fröhliche Nina launisch und unglücklich?

Regina schafft es doch!
Eine neue Umgebung kann heilsam sein

Wir schaffen es gemeinsam
Zwei Freundinnen schlagen sich allein durch

Das kleine Reiseandenken
Ingrid erlebt ihr großes Glück

Ich glaub an dich und deine Liebe
Findet Toni den Weg ins Glück?

Mein großer Bruder
Vivi beweist ihre Dankbarkeit

Alles kam ganz anders
Elaines große Entscheidung